月亮升起的森林

In the woods with a view of the moon

青山美智子

邱香凝 譯

【目次】

一章 誰的朔……005
二章 表岩屑……063
三章 太陽公公……117
四章 海龜……171
五章 鐵絲的光……229

一章

誰的朔

一直想做個對別人有用的人，可是所謂的「別人」到底是誰呢？

一邊在電車喀噹、喀噹的規律聲響中搖晃，一邊思考這樣的事。

電車裡冷氣很強，剛過中午的這個時段，車上很空。久違的外出令身心為之疲憊，我閉著眼睛坐在位子上。

昏沉之中，幾個景象從眼皮底下閃過又消失。

浮現模糊的人影，我心想。

有想給你的東西。有想從你那裡收下的東西。

我對那個人伸出手。但是，那個人是誰。

在連自己是誰都搞不清楚的狀況下，我緩緩睡著。

穿過票口，走到車站外時，蟬聲正響。

八月的午後，站前圓環籠罩著一股悶熱空氣。穿不習慣的包鞋裡，小趾已經快撐不住了。

明明也沒裝什麼，合成皮革製的包包提起來卻覺得重。本想繞去超市買晚餐食材，想想還是先回家換衣服吧。

穿過商店街，再鑽過一條小巷子就到家了。從出生至今的四十一年來，我一直住在位於東京一隅的這棟透天厝裡。

打開玄關門，映滿整個眼簾的，是一個女人的背影。

一頭隨性波浪長捲髮，身上穿著黃色無袖洋裝。是住隔壁的樋口太太。

樋口太太朝我轉頭，露出開朗的笑容。沒化妝的皮膚看得出淡淡斑點，但以一個五十歲的人來說，她看上去總是年輕有活力。

「啊、伶花，妳回來啦。」

「……午安。」

面對樋口太太，站在穿鞋區前的母親也說了「妳回來啦」，用鬆了一口氣的表情看我。

樋口太太手上提著一個方形箱子。是放小動物的運輸籠。縫隙裡看得到有某種生物動來動去。原來是樋口家養的白貓。

「那個啊，有件事想拜託妳。」

把嘴巴咧到不能再大，一邊堆出笑容，一邊又有些著急似的，樋口太太劈哩啪啦說道：

「雖然真的很臨時，但我現在要跟朋友去旅行，不巧我先生出差不在，平常照顧露娜的寵物旅館又客滿了。我跟佑樹通過電話，他說可以幫忙照顧，可是——」

「她好像聯絡不上佑樹。」

半打斷樋口太太的話頭，母親這麼說。

換句話說，弟弟佑樹隨口答應人家可以幫忙照顧，卻又沒先跟家人報備。現在他自己還外出不在，聯絡不上。

佑樹和樋口夫妻感情不錯，去過他們家好幾次。可是，我和父母跟他們夫妻頂多只有打照面時寒暄幾句的交情。我是知道他們家有隻白貓露娜，不過實際上沒看過。

樋口太太雙眉垂成了八字：

「我趕時間，已經非出門不可了……非常抱歉，可否請妳幫我照顧露娜呢。這孩子很乖又親人，不會有問題的。」

「照顧到什麼時候呢？」

「呃……差不多三天？」

差不多是什麼意思啊。樋口太太露出含混不明的笑容。

我想著運輸籠裡的露娜，揣摩她現在的心情。在不知道自己即將發生什麼事的狀況下，她一定很不安吧。

…………畢竟是貓。

「可以啊，我來照顧。」

「真的嗎？」

樋口太太雙口摀住胸口，誇張地大嘆了一口氣。

「怜花是護理師嘛，有妳在我就放心了。」

被她這麼一說，我反而沉默了。

這件事和幫忙照顧貓的事到底有什麼關係。

可是，不只樋口太太，早從很久以前開始，我就聽過太多人說這種話了。每當我幫誰做了些什麼事，尤其是與健康相關的所有事，都會被用這句話總結。

因為是護理師所以放心，因為是護理師所以沒問題，不愧是護理師。到底把護理師當成什麼了啊。我每次聽到這種話，心情都很不平。

不知樋口太太是如何理解我的默不吭聲與冷淡表情的，總之她又說：

「啊、妳今天休假？」

我淡淡回應：

「我辭職了。」

樋口太太以手遮口「啊」了一聲，隨即擠出補救的笑容，看了看我又看了看母親。

「那麼，貓食和貓砂盆在這一袋裡面。」

說著，樋口太太將揹在肩上的IKEA大袋子打開一點，指著裡面的東西說明各種注意事項。最後舉起一隻手揮了揮：

「麻煩妳們了！我會買伴手禮回來的！」

把運輸籠搬進客廳，打開籠門。

露娜看似一臉不安。不過，我一輕輕伸長手臂，她就探出身體，出乎意料的，輕易就能把她抱出來。

家裡真的已經好久沒有動物了。最後養的是一隻兔子，養到差不多我高中的時候。那個叫小雪的孩子也有一身白毛。

母親站在廚房洗東西，邊洗邊說：

「怎麼突然就說要跟朋友去旅行，還把貓推給鄰居照顧，真令人無言耶。」

隔壁房子空了很多年都沒人住，半年前樋口夫妻才剛搬來。

樋口太太是網站設計師，她先生樋口淳是個攝影師，聽說在那個業界小有名氣。他們兩人五十歲才結婚，彼此在這之前都沒有過婚姻。

很少遇見樋口先生，幾乎沒跟他說過話。樋口太太倒是個話多又有行動力的人。只是，或許因為總是很開朗的關係，有時反而教人難以捉摸。

「算了，沒關係啦，反正我都在家。」

把裝了水的小盤子往地上一放，露娜就直奔過來吧喳吧喳喝水。一定很渴吧。

三個月前，我從任職多年的醫院離職了。

離職之後才向父母報告，母親非常驚訝，還問我：「妳是要結婚了嗎？」

我對母親把離職和結婚想成同一件事的思考迴路感到失望。遺憾的是，也並沒有那種計畫。和最後一個稱得上戀人的對象交往，已經是很久很久以前的事了。

但這並不表示我已經找到下一份工作。只是因為做不下去才辭職罷了。

「暫時休息一下也沒關係啊，妳至今都太投入工作了。再說，反正住在家裡，不愁生活出問題。」

今年底就要退休的父親這麼說。

可是，這件事卻讓我更痛苦。感覺就像被說「妳真是養尊處優」。住在老家所以不愁生活出問題。沒錯，我是幸運的。

父母身體健康，即使不工作也生活無虞。沒結婚的我，在家遊手好閒。樋口太太一定也覺得我什麼煩惱都沒有吧。

我從未獨自生活過。

護校和畢業後任職的醫院都在從家裡通車就能到的地方，剛找到工作那陣子，母親正好生了場病。我一方面擔心反覆進出醫院的母親，一方面擔心自己在家的父親，在這種狀況下，自己又是剛進醫院的菜鳥，每天過得手忙腳亂。雖然母親痊癒後變得比生病前還活蹦亂跳，我的工作卻一天比一天更忙。

之後，我完全失去搬出去自己住的時機。現在離職了，無處可去的我每天待在家裡，感覺愈來愈痛苦。母親每週出去打工四天，起初她也樂於見到我積極幫忙家事。但是慢慢地，母親看我的視線像是在說：「妳到底想這樣到什麼時候？」

明明是自己家，卻產生一股「不能待在這裡了」的心情，我終於開始思考搬出去住的事。值得感恩的是，我還算小有積蓄。可是，如果我手頭的財產夠一口氣買下一間公寓那就算了，現實問題是，小有積蓄還是買不起房子。一個年過四十的女人，沒有工作又很難租屋。

得先找到工作。對，無論如何我必須先找工作。

於是，我找遍幾個求職網站，這一個月來已經應徵了差不多十間公司。結果很慘烈，幾乎都是一丟出履歷就被打槍。

網站上的職缺很多，只是我能應徵的極少。再說，考慮到這把年紀才轉換跑道，得找個今後能長久做下去的工作才行，不能只找短期打工。

不過，今天總算前進到面試這一步了。應徵的是印刷廠的行政人員，面試時感覺很不錯。工作內容不難，只需要簡單的電腦操作和接電話。我雖然沒有當行政人員的經驗，只要拚命學習，總有辦法上手吧。

面試我的廠長是位給人沉穩印象的長輩，看到我的履歷表，也只說了句「妳當過護理師啊」。除此之外就不再詢問更多，這倒出乎我的意料。

「要是能請到像朔之崎小姐這樣穩重的人，一定能幫上很多忙。」

廠長笑容和善，之後我們又隨口聊了一些話才結束面試。離開前，他甚至連印刷廠附近有間食堂午間套餐很好吃的事都告訴我了。

對方表示會在幾天內通知面試結果，現在只能等了。要是這份工作這樣定下來就好。

露娜喝完水，躲進沙發底下。似乎從她認為安全的這個地方，窺看著外面的狀況。

我趁機把樋口太太帶來的貓砂盆放好，檢查屋內是否有什麼危險物品，把容易壞掉的東西移到櫥櫃上。過了一會兒，露娜從沙發底下探出頭。她並不知道我做這些事是為了她，想到這一點，忽然感到輕鬆。如果對象是人，就不可能產生這種心情了。彼此一定都會去揣測對方的想法。可是，既然是貓，待在一起也沒關係。

到了吃飯時間，打開貓罐頭給她吃，露娜一開始還顯得有些躊躇，不久就把頭埋進盤子裡吃了起來。食慾不錯，對我們雖然還有點警戒，已經不像剛來時那樣忐忑不安了。樋口太太說得沒錯，這孩子真的很乖又親人。把貓食吃光光後，露娜跳上沙發角落，蜷成一團。

結果，我也沒能去超市購物，只好用冰箱裡現有的食材為全家煮了晚餐。吃完後，回到自己房間。出乎意料的是，露娜跟著我過來，我便讓她進了房間。

撿起掉在地上的雜誌，把玻璃擺飾和巧克力收進抽屜，打開筆記型電腦。

離職後幾乎整天關在家，我坐在電腦前的時間增加了。不管是買東西還是查東西，比起手機，電腦操作起來更輕鬆。

打開搜尋引擎網站，輸入文字。

「貓幫人照顧」。

找到各種網站，上面說明了幫人照顧貓時該怎麼做。

大致瀏覽一遍後，我記住了「貓可能從門窗逃跑，要多注意」這句話。靠在椅背上轉了轉頭。

對了，也別忘了今天的日課。我打開Amazon網站。

游標移到Amazon Music的曲庫上，打開我追蹤的一個Podcast節目。

《一千零一月》。

節目主持人叫竹取翁，今天也上傳了最新一集。

每天早上七點，十分鐘的內容，從不間斷。我心想，這人真的好守紀律啊。他每天早上上傳，我這個聽眾卻到晚上才能聽，真是過意不去。

第一次聽到這個節目，是辭去工作的隔天。

想聽點放鬆心情的音樂，我打開 Amazon Music 找歌，忽然想到經常在頁面上看到的「Podcast」，這是什麼呢？它的圖示看起來像支麥克風。

點開一看，原來是性質與廣播電台相近的免費影音內容，懷著一探究竟的心情把頁面往下拉時，被某張圖片吸引了目光。

那是節目的封面圖片，深藍底色上，只有白色的手寫字。在整排色彩繽紛的圖像中，反而特別醒目。

竹取翁。應該就是竹取物語裡的老爺爺吧。節目名稱《一千零一月》，一看就知道與月亮有關。我被勾起了興趣，點開這個節目。

這節目由一位偏愛月亮的男性錄製，內容包括與月亮相關的小知識，主持人也經常訴說著他對月亮的喜愛。從過去上傳的內容一覽看來，這節目已經播出五十集了。不管哪一集，長度都不超過十分鐘。

Podcast 的操作很簡單，只要按下三角形播放圖示就可以聽了。我先打開當天上傳的內容來聽。

「從竹林中為您播送，我是竹取翁，不知道輝夜姬過得好嗎？」

竹取翁學識淵博，講話風趣幽默，是一位表現力豐富的男性。「從竹林中為您播送」這句開場白，一定也是為了讓人聯想到竹取物語而設定。

內容簡單大方，清楚明瞭，聲音又有種說不出的深度。聽不出他幾歲，感覺似乎滿年輕的，但也可能是個大叔。

總之，是我喜歡的聲音。穩重溫柔，給人一股安心感，會想聽更多的那種。

花了幾天的時間，把前面五十集聽完了。

他介紹的都是我以前不知道的事。像是月亮運行的路徑稱「白道」，每兩分鐘移動一個月亮的距離，如果可以搭飛機到月球，飛行時間大概是十六天……等等。

一邊聽他分享一邊遙想月亮，是一件很享受的事。雖然只有短短十分鐘，彷彿能夠藉此忘記日常生活中的煩憂。

從那時起，我開始把聽《一千零一月》這十分鐘，當成每天晚上喘口氣的放鬆時光。有時，竹取翁也會指出「今天是上弦月」、「今天是十三夜❶」，像這樣告訴聽眾當天的月齡。有時聽到他這麼說，我也會抬頭仰望夜空。

竹取翁到底是誰呢？上網搜尋也沒找到答案。從「在竹林中播送」的設定看來，他大概是個月亮迷吧。

好嘍，來聽今天的節目吧。我按下最上面的播放圖示。

今天的節目標題是「樂於助人的月亮」。

「……從竹林中為您播送，我是竹取翁，不知道輝夜姬過得好嗎？」

露娜跳上書桌旁的床上。

看著開始舔起自己前腳的露娜，我側耳傾聽竹取翁的聲音。

「月亮啊，在剛誕生不久的時候，跟地球的距離比現在近多了，看上去也大多了，只要五小時就能繞完地球一圈喔。當然，因為距離相近，對地球的影響也很大，漲潮時海水翻湧得相當劇烈。月亮的個性應該很樂於助人吧，這樣的月亮對地球生命的誕生與進化做出很大的貢獻。」

露娜閉上圓圓的眼睛，我伸出手摩挲她的背。

❶ 十三夜為日本特有的習俗，指的是舊曆九月十三至十四夜晚接近滿月的圓月。

竹取翁放低了聲音，繼續緩緩地說：

「現在距離不是沒那麼近了嗎？事實上，配合地球的自轉，月亮每年都在一點一點遠離地球。具體來說，一年大概拉開三點八公分的距離。」

欸，是喔。

用手指感受著柔軟的露娜，我點頭小聲回應。

三點八公分是多長啊，跟貓耳朵長度差不多？

「如果月亮的距離和一開始一樣都沒有改變的話，地球現在不知道會成為怎樣的星球呢？目前月亮從地球的三十八萬公里外，協助地球自轉軸保持穩定，也以重力幫助地球維持平穩。現在這樣，感覺也滿剛好的呢。所以，即使一點一點拉開距離，彼此仍能以當下最好的狀態建立關係。我是這樣想的啦。」

竹取翁輕輕喘口氣，留下了一絲餘韻。

指腹滑過露娜脖子，她發出呼嚕呼嚕的聲音，教人心靈平靜。

隔天早上，我在院子裡晾衣服時，大門打了開。

「嗨，姊。」

是佑樹。

「歡迎歡迎。」

我這麼說著，用力「啪」一聲拉開毛巾，掛上曬衣桿。

「嗚哇，這是在挖苦我吧？妳應該說『回家啦？』才對吧。」

咯咯笑著，佑樹走進來。

昨天很晚的時候終於聯絡上佑樹，他卻一派輕鬆笑說「抱歉，我手機沒電了」。跟他講了露娜的事，他好像記成明天才要來的樣子。

「你答應了人家就要好好負起責任啊。」

我對著話筒生氣，佑樹仍大言不慚：

「姊妳不是也喜歡貓嗎？我今天沒法回去，明天再去看她喔。那就這樣，交給妳嘍！」

接著他就掛了電話。說什麼「明天再去看她」啊。不過，佑樹向來就是這樣我行我素，我也不太意外。

如今，現身朝陽下的佑樹神清氣爽地笑著問：

「媽在嗎？」

「去打工。傍晚應該就回來了。」

佑樹是劇團演員，小我十歲。明明是同一對父母生的小孩，不知為何個性差這麼多。他總是樂觀開朗，和誰都能馬上親近。

樋口夫妻剛搬來時，佑樹好像原本就聽說過「樋口淳」這個人，立刻跑向對方嚷嚷「請幫我拍宣傳用的照片！」。很快地，還連樋口太太的心也順利擄獲。在我們不知道的時候，佑樹甚至被樋口夫妻請去家裡吃過晚餐。

佑樹也沒自己搬出去住，但卻很少待在家。不是窩在朋友家，就是在交往了兩年的女友家，或是借用劇團排練室，在裡面過夜。有時還會跑去劇團團長家住。然而，偶爾又像這樣不說一聲突然跑回來。

佑樹從小就是個自由隨性的孩子。即使這麼任性妄為，父母依然笑著包容他。相較之下，平常老實認真的我只要稍微放縱一點就會被罵。從小到大，這種讓我忿忿難平的事太多了。現在也一樣啊，什麼時候回家都不知道的佑樹在外面逍遙自在，包辦家事的我卻在家裡失去容身之處，真是太不公平了。

我沒去看過佑樹演戲。上個月，被哄著買了票的父母去劇場看了戲，回來後拿傳單給我看，上面有佑樹笑咪咪的大頭照。他剛加入劇團時多半負責幕後工作，現在好像不時也能上台演出了。

看一眼正朝家門走去的佑樹，我「啊」了一聲。

「等一下，你開門時小心點。」

「嗯？」

佑樹疑惑地轉過頭，我跑過去，輕輕抓住門把。可不能讓露娜不小心跑出來。

「哇，露娜！歡迎妳來！」

佑樹笑得眼角下垂，蹲在座墊上的露娜身旁。露娜嚇了一跳，逃到房間角落去了。

「你這麼大聲，把人家嚇到了啦。」

我指責佑樹，他乾脆整個人躺在地上，輕聲喊著「露娜、露娜」，朝露娜伸長手臂。

露娜併攏兩隻前腿坐好，緊盯著佑樹看。

「看到她會想起小雪呢。」

佑樹感慨地說。小雪最後一動也不動時，還是小學生的佑樹放聲大哭，傷心得一發不可收拾。還記得當時我看到他那樣，產生了一股自己絕對不能哭的心情，拚了命想讓佑樹振作起來。

佑樹愛憐地看著露娜，我對他說：

「……有人說是回月亮了呢。」

「欸？」

佑樹朝我轉頭。

「貓狗上天堂時會說『上彩虹橋』不是嗎？聽說兔子上天堂時是『回月亮了』。」

這是之前我在《一千零一月》聽來的知識。

從竹取翁那裡聽到這個時，不知為何都事隔這麼多年了，我才莫名流下眼淚。從此，抬頭看月亮也會想起小雪。

「噯，有沒有啾嚕？」

佑樹撐起上半身。他問的是給貓吃的那種長條袋裝肉泥。

我記得樋口太太拿來的「貓食包」裡面有那個，她應該也有說一天最多可以餵兩條。

我一拿出啾嚕，佑樹比露娜還開心地跳起來，伸長了手。

撕開包裝，朝露娜遞出肉泥。露娜小心翼翼靠近，最後停在佑樹手邊，津津有味地舔起來。

「好可愛，好可愛。」

佑樹一手拿著啾嚕，另一隻手拿手機靠近露娜，拍了好幾張照片。露娜像是很習慣被拍，聽到快門聲也不驚訝。

享用完啾嚕，露娜又朝佑樹背轉過身。佑樹也像暫時心滿意足似的走向廚房，把啾嚕的包裝袋丟進垃圾桶，拿出冰箱裡的麥茶壺。

「我們家不如也來養貓吧。」

一邊往玻璃杯裡倒麥茶，佑樹一邊這麼說。我冷冷回應：

「誰來照顧？」

「當然是大家一起啊。」

「你每次都這樣，不負責任。」

養小雪那時也是如此。小學兔子籠裡的兔子生了好幾隻小兔，從中帶了一隻回家的人明明是佑樹，最後照顧小雪的人都是我。

那時佑樹還是小學生，我就不跟他計較這麼多了。可是，好歹是一條生命，不能只在旁喊可愛就好，還有很多事得做。

也不是只要給飼料就沒事，必須打掃兔籠，幫兔子剪指甲，清理排泄物，還得擔心兔子會不會生病。

我打開餐具櫃，拿出自己的玻璃杯，佑樹也幫我往裡面倒了麥茶。

「姊，妳為什麼辭職不當護理師了？順利的話，差不多該升護理長了？這樣很可惜耶，繼續當護理師一定不愁吃穿啊。」

我站在廚房咕嘟咕嘟喝麥茶，用自言自語的語氣回答：

「……我已經累了，各方面都是，老毛病的腰痛也讓我很痛苦。」

兩三秒後，佑樹咧嘴一笑說：

「原來是不敵年齡啦？」

「嗯，對啦。」

「怎麼，今天這麼坦率。」

他故意裝出噁心的樣子，大概想惹我生氣尋我開心吧。

佑樹喝光麥茶，把杯子往流理台一放，又說：

「難得有了空閒，妳就去玩玩有什麼關係。也可以把自己打扮得時髦一點。什麼時代了，四十歲左右的女人大家都維持得很漂亮嘛。像隔壁樋口太太，她比姊妳還大上十歲，人家還不是那麼有活力。」

「我哪有空閒，待在家裡也有很多事得做啊。像是幫媽媽洗一些她洗不動的大件衣物，還有打掃家裡的角落，重貼拉門紙什麼的……再說——」

我的視線落在露娜身上。

「現在還要幫忙照顧貓。」

就去玩玩有什麼關係。

一開始我也這樣想過。

難得獲得一段自由時間，不妨看看電影、聽聽演唱會，做些之前一直不能做的事吧。

可是，我完全提不起勁出門。動都不想動。這才知道原來過去不是「不能做」，只是我「沒去做」而已。畢竟也沒有誰反對我去做那些事啊。工作忙到沒時間玩，其實是給自己找的藉口。

「穿著舊T恤的我，代替活力十足出門旅行的樋口太太照顧貓。」

我叛逆地口出自虐話語，坐在沙發上。

露娜靜靜靠過來，一邊繞圈圈一邊用背磨蹭我的腿。

「哇！」

我很驚訝。因為昨天在網路上看過，這個舉動是在向我表達親暱之情。

原本帶刺的心情，好像被撫平似的變得柔軟。我稍稍鬆了一口氣。

「好羨慕喔，露娜跟妳這麼好。也來我這邊嘛，露娜。」

佑樹張開雙臂。

露娜裝作沒看見，閉上眼睛摸摸自己的臉。

吃過晚餐，佑樹又跑出去了。

我和昨天一樣，讓露娜進房間，打開筆記型電腦。

檢查過電郵信箱後，打開Amazon Music，迎來今天的放鬆時光。

滑鼠游標停在Podcast的圖示上。

一如往常，《一千零一月》今天也更新了。

「從竹林中為您播送，我是竹取翁，不知道輝夜姬過得好嗎？」

露娜跳上床，坐在我脫下後隨手丟上床的帽T上，前腳抓住胸口的拉繩，又撥又啃地玩起來。這東西有那麼好玩嗎？

竹取翁一邊說著玩笑話，一邊開始播送今天的節目內容，聲音也放慢了下來。

「今晚是新月之夜。光聽『新月』兩個字，各位腦中或許會出現閃閃發光的想像。然而實際上，此時抬頭看天空是看不到新月的呢。夜空一片漆黑，新月到底在哪呢？不管怎麼找都找不到，這就是新月最可恨的地方。不過，它絕對存在喔。悄悄地，存在這浩瀚宇宙的某處。」

新月看不見。

上次新月時，他也在節目中這麼說過。還記得當時我心想「這麼說來好像真是如此」。至今從未注意過，原來日常生活中也有看不到月亮的日子。

竹取翁用帶點戲謔的語氣說：

「各位喜歡占星嗎？我有時候相信，有時候不相信。不過，按照西洋占星術的解釋，新月是開啟一段新時間的時機，地球上的我們也連帶會受到影響。所以，這段時間適合展開第一次的接觸，也是嘗試新挑戰的最佳日子，比方說新工作、新的邂逅，買新東西，換新錢包、鞋子或文具等。」

開啟一段新的時間。

這話聽起來很棒。時間明明毫不中斷地流逝，但若按照這個想法，每個月都會有一個新時間的「起點」。還有，新工作這詞彙也在我內心引起小小騷動。

只要找到新工作，我或許就能開啟一段新的時間，進入一個和過去完全不同的世界。

腦中浮現待人和善的廠長，十分鐘的節目也正好結束。

對了，忽然想起佑樹在Twitter上放了露娜的照片。我雖沒有Twitter帳號，偶爾會去看看他上傳了什麼。

佑樹的帳號名稱是本名「朔之崎佑樹」，追蹤人數有兩千三百人，相較於一般人應該算多吧。只是，以一個演員來說，這樣算多還少，我就不確定了。

釘選在最上方的是最新公演資訊，接著出現的，就是正在吃啾嚕的露娜照片。原來從佑樹的角度看出去是這樣的啊。

「隔壁的貓，正借住我家。」

看到照片配上的這行字，我不由得苦笑。寫得像他自己在照顧一樣，還不是只會用啾嚕騙貓靠過來。

這則貼文得到一百八十三個「讚」和五十二次轉發。也有幾個人留言，內容不外乎「真可愛」或「跟我家貓很像」。

最近不常看佑樹的Twitter，所以我撥弄滑鼠滾輪往下滑，回溯之前上傳的內容。除了佑樹自己發的貼文外，還有許多轉發的貼文。

「荷魯斯劇團」是佑樹隸屬的劇團名稱，他轉發的主要是劇團相關人士的貼文。

我被其中一張照片吸引了視線，照片裡是印有時下流行插畫圖案的T恤。貼文開頭寫著「【公告】即將在RASTA上架！」

RASTA是一個手作商品販售網站。佑樹轉發的這則貼文，好像來自幫劇團荷魯斯設計、製作T恤的人。點下連結看了那個人販售的T恤後，我又連回RASTA首頁，上面展示著各式各樣商品。

飾品、插畫、雜貨、衣服……

網站上販售的都是手作商品。不限專業與否，任何人都能在上面刊登商品販售。

錢了。

真好，要是我也有雙巧手或藝術天分，就能像這樣一邊享受手作樂趣一邊賺

保留下來。

充滿創意的工作，真令人羨慕。最重要的是，他們的工作會化為有形的東西

看到「RASTA推薦」文案下的項鍊及耳環圖片，腦中浮現佑樹那句「妳也可以把自己打扮得時髦一點」。那時我聽了不太高興，可是，或許不能怪佑樹那麼說。

我幾乎沒有飾品類的東西。參加婚喪喜慶時，每次都戴一條親戚阿姨買來慶祝我成人的珍珠項鍊。

難以想像自己去飾品店的樣子，不如先在RASTA的線上商店逛逛吧。

數量實在太多，不知該從哪裡看起，於是先大致看了一輪「本月注目商品」。全都是些製作精美的商品，照片也拍得很好。可是，這些飾品設計得太有個性，戴在我身上好像過於豪華了，激不起購買欲望。

正當我想放棄繼續逛的時候，拿滑鼠的手停了下來。

「朔」。

這個字跳進眼裡。

朔之崎這個姓氏很長，所以我從學生時代就常被喊「朔」或「小朔」。填寫不是那麼正式的文件時，簽名也只寫個朔再用圓圈框起來。所以此時，這個對我而言意義特殊的漢字，看起來就像浮在螢幕上。

那個名為「朔」的飾品是一只戒指。

金黃色鐵絲環抱宛如罩上一層薄紗的通透黑色圓石，圓石正對著我。這只戒指一點也不浮誇，無論顏色或設計都非常簡潔，真要說的話，甚至有點不起眼。可是，我從來沒看過這麼美的飾品。

我不曾擁有過任何一只戒指。

更別說上面有鑲嵌寶石的戒指，從事護理師這行的人一點也不適合戴，所以我連一次都沒想過要買。

創作者的名字叫「mina」。我懷著忐忑的心情點了那張照片。

畫面上隨即跳出商品說明頁。除了剛才首頁那張照片外，還有另外幾張從不同角度拍的照片。細看從上往下拍的照片，可見寶石維持球狀，只用鐵絲團團纏繞起來。沒有鑽洞也沒有切割，感受得出創作者對寶石的珍視。

作品資訊欄上標註出用了哪些材料。

工藝用金屬線 金黃色

黑色月光石

兩者都是以前沒聽過的詞彙。

下面還有幾行看似mina寫的說明。

「朔」指的是新月。

黑色月光石自古以來就被視為新月的象徵，也常使用在祈禱或咒術上。能夠平息不安情緒，為心靈帶來平靜，在展開新事物時，具有提高直覺的力量。

原來朔代表新月，我一直不知道。

激動的心情難以按捺。我想起竹取翁說的話。今天最適合展開第一次的接觸，也是嘗試新挑戰的最佳日子。

新月之日。在一個對我而言「第一次造訪的地方」，找到名為「朔」的飾品。我簡直就像被這只戒指呼喚引導而來一樣。

市面上一定有很多以月亮為主題的飾品，滿月或上弦月更適合拿來作為飾品造型。

可是，這只戒指卻將看不見的新月表現得這麼出色，令我大受感動。

金額是一千八百圓。我其實不知道，以這只戒指的價值而言，這樣算貴還是便宜。

然而，這只戒指一定能成為我的護身符。新工作絕對會順利的。

在這樣的確信下，我點進RASTA會員註冊頁面。總覺得這或許是個好兆頭，暗示昨天的面試將成功獲得錄用，內心充滿一股久違的激昂。

隔天一早就下起雨，露娜佔據了客廳沙發，一直在上面睡覺。原本擔心她是不是哪裡不舒服，上網查了之後，才知道這好像是常有的事。下雨的時候，貓好像會一直睡覺。

最近持續了好一段陽光普照的日子，現在這樣的天氣，對貓來說可能舒適得很剛好吧。

雨一直到下午仍未停歇，聽著雨聲，我也靠在露娜旁的沙發上，心情和窗外的天氣一樣陰。母親外出了，本想拿吸塵器吸個地，身體卻感覺沉重，什麼事也不想做。

一大早，收到印刷廠寄來的面試回覆。

不予錄用。原本還以為這次一定會成了。既然如此，面試時那友善的笑容又是什麼意思。

我當然知道怨恨廠長是不對的，他只是人很好而已。

然而，與其像這樣期待落空，倒不如一開始就擺臉色給我看還比較好。

我到底哪裡不好呢？是因為已經年過四十了嗎？還是因為沒能好好回應廠長說的笑話？面試時穿的是五年前買的舊套裝，原因出在這裡嗎？還是終究因為沒有行政經驗的緣故？我是不是被當成沒用的人了。

腦中負面思緒團團環繞，逃不開這個迴圈的同時，也有一種雙腳踩在安全平地上的不可思議感覺。正當我試圖抓住這種感覺時，玄關門用力打開。

佑樹乒乒乓乓地走進客廳。

「姊！聽我說，妳聽我說！」
大概是沒好好撐傘，他的瀏海和襯衫都濕了。睜著一雙閃閃發光的眼睛，佑樹說：
「在神城先生大力推薦下，我被選為下次舞台的主角了！」
「神城先生？」
佑樹一臉「妳怎麼連這都不知道」的表情，急得手舞足蹈。
「上次不是有跟妳講過！神城龍先生，是我們劇團的團長啊。」
有這回事嗎？我一邊這麼想，嘴上一邊回應「喔喔」。無視我敷衍的態度，佑樹繼續大聲說：
「他都已經有個上高中的兒子了，卻一點也看不出已經五十歲，渾身充滿活力又帥氣。我啊，就是因為崇拜神城先生才加入劇團的，能獲得他的認同，真的超開心。」
「不錯啊。」
我依然靠著沙發這麼說。自以為笑著祝福了，可是好像不夠用心。
「欸——妳是怎樣，不能更為我感到高興一點嗎？」

口吻雖不服氣，佑樹還是藏不住臉上的笑意，脫下襯衫，也打算脫下襪子。

佑樹看起來總是一副開心的樣子。

我卻是這麼不堪。

脫到剩下牛仔褲的他，哼著歌走向盥洗室。大概是想把濕衣服拿去丟進髒衣籃吧。這種以為只要放進去，衣服就會自動變乾淨的想法真教人火大。

「啊——總覺得今天耳朵塞塞的，是因為下雨的關係嗎？」

食指插進耳朵，佑樹朝天花板抬頭這麼說。

「這是叫氣象病吧？因為氣壓變化造成身體不適。咦？那是氣壓高的時候會這樣，還是氣壓低的時候會這樣？」

「我哪知道。」

克制煩躁的心情隨便給了回答後，佑樹要笑不笑地說：

「明明是護理師，怎麼連這也不知道。」

腦中「啪」的一聲，像有什麼斷裂了。

明明是護理師。

超越「因為妳是護理師所以我很放心」，這是我最討厭的一句話。

「……我就是不知道啦！」

發自丹田的聲音，連自己都沒想到會這麼大聲。

「不知道啦，誰會知道那種事。」

佑樹張大眼睛看我。

「姊，妳怎麼了？」

停不下來，我站起身對佑樹大吼：

「護理師又怎樣？我也只是個普通人啊！不管多認真多拚命，還是有很多不知道的事。像你這樣整天嘻嘻哈哈，只做自己喜歡的事的人，有什麼資格那麼說我！」

佑樹的表情漸漸暗下。

「什麼叫整天嘻嘻哈哈，我可是很認真在對待演戲這件事的好嗎！」

佑樹用彷彿要將人射穿的眼神看我。

「我之前就想過這件事了，姊妳為什麼總要擅自把自己活得這麼綁手綁腳的啊？妳也可以做自己喜歡的事啊。」

他說得沒錯。可是，被戳中重點反而讓我情緒更激動。

「我今天只是回來拿換洗衣物而已，接下來暫時不會回家了。」

說完，佑樹走向自己房間，提著一袋衣服又出去了。

我倒在沙發上。

露娜不知何時躲進客廳角落。看到我們爭執的模樣，她不知道怎麼想。

「抱歉，嚇到妳了。」

我輕聲這麼說，露娜只是默默盯著我。

——事實上，正如佑樹昨天所說，我對護理師這份工作，真的愈來愈覺得「不敵年齡」了。

大夜班和加班變得愈來愈痛苦，趕時間不搭電梯直接跑樓梯時，光是這樣就喘不過氣。

直到兩三年前，就算執行完比較大件的工作，只要睡一晚就能恢復體力，現在卻好幾天都擺脫不了疲倦感。再加上我原本就有腰痛的毛病，沒辦法提重的東西。

不只如此，失眠的狀況也比過去嚴重。身體明明很累，一鑽進棉被腦袋瞬間清醒，怎麼也睡不著。

從事護理師工作即將滿二十年。年輕時沒察覺或認為無所謂的事，現在已經無法繼續忽略下去。無論對自己或對他人都一樣。

對合不來的醫生產生不信任感，對醫院營利至上的做法抱持懷疑，往下有許多非指導不可的部下，往上又有不斷施加壓力的主管。

「院內也有差不多該讓朔之崎妳升護理長的聲音，大家都在看妳的表現，妳要好好做出榜樣。」

被這麼說雖然高興，壓力也很大。

那個也沒做好，這個也做不好，不好好表現不行。

安眠藥、止痛劑、胃藥以及營養補充飲料，我一邊吞著這些，一邊執行每天的工作，小心翼翼不出任何差錯。

肯定是被這些事累到了。不過，讓我下定決心辭職的另有其事。

和其他眾多醫療機構一樣，我任職的醫院也有「護理臨床教師」制度。這是在一定期間內，由已經服務好幾年的前輩護理師一對一指導、協助新手護理師的制度。

我的直屬部下杉浦當護理師已經第三年了，今年她第一次擔任護理臨床教師。杉浦個性雖然認真，但經常面無表情，又有點沉默寡言，和誰都顯得生疏。

她負責指導的是一個叫近野的新人護理師。和杉浦正好相反，近野是那種笑容常開，個性直率開朗的類型。

不可否認的，看在旁人眼中，對近野而言杉浦似乎很難接近。杉浦看起來好像對護理臨床教師這件事沒什麼幹勁，說明事情的方式又有點難懂。站在客觀的立場，連我都好幾次覺得她沒有好好處理近野的失誤。

不到一星期，近野就來找我商量了。她說自己和杉浦處不來，覺得很困擾。

當然，不適合的話，也是可以更換配對。只是，我想盡量避免馬上就這麼做。要是那麼做了，今後她們兩人在職場上的關係會很尷尬。再說，我也希望杉浦繼續學習如何指導新人。

所以，我對近野說，希望再持續一陣子看看。

「現在才剛開始嘛，而且遇到不懂的事時，也不是只能問擔任臨床教師的學姐，不分學姐妹，在這裡的大家都是教學相長，一起學習的。」

我記得很清楚，聽我這麼一說，近野露出鬆了一口氣的表情。也記得看到她這樣的表情時，我認為自己做對了。
另外，我又問杉浦，在擔任臨床教師時，有沒有遇到什麼困難。
「……沒問題。」
她只給了這樣的回答。所以我就說：
「不需要一肩扛起全部責任喔，我也會盡可能提供協助的。」
後來，近野比原本更振奮地投入工作，那樣的工作態度讓人看了很愉快。另外，她自己也會不時來找我搭話，積極提出問題。
「和杉浦處得如何？」
我裝作若無其事的樣子詢問，近野爽朗地笑著說：「完全沒問題！」實際上，她對杉浦的指導好像不再感到困惑了。就我看來，近野已經習慣了杉浦小姐淡然的態度。
直到她們兩人的一對一臨床指導期間結束，杉浦調到另一個部門後，我才驚覺自己犯了大錯。
跟同期護理師和惠在休息室閒聊時，我說：
「近野滿可靠的呢，這麼樂在工作的新人很難得。」

我說這話時，懷的是自豪的心情。護理師工作非常繁忙，這麼拚命努力又開朗的後輩令我感到驕傲。

然而，和惠卻感慨地回答：

「對啊，只是杉浦帶她那時，應該滿痛苦的。」

杉浦？

我錯愕地望向和惠，她平靜地繼續說：

「杉浦在當近野的臨床教師時，剛好有一次休息室只有我和她兩個人，我不小心看到從她置物櫃裡掉下來的筆記本。」

「筆記本？」

「嗯。上面密密麻麻寫滿當天發生的事，像是自己該教近野什麼才好之類的注意事項，還有該傳達和反省的地方等等。」

我驚訝得說不出話。

一直以為杉浦對這件事愛做不做，原來不是那麼回事。

和惠娓娓道來：

「從那天起，我就很擔心她，也常找機會跟她聊聊。被指名擔任臨床教師，杉浦應該非常緊張吧。她責任感很強，拚命想把事情做好，但又因為原本就不善言詞，我想她一直為無法好好表達而苦惱喔。近野差不多一開始就對杉浦說的話左耳進右耳出，遇到不懂的事情時，好像都去問別人了。這點讓杉浦很受傷。」

感覺眼前黑了一片。

我真的是、真的是什麼都不懂。

說什麼「大家教學相長」、「不需要一肩扛起全部責任」，我還以為自己說的話幫助了她們。近野跑來問我問題時，我也以為自己是在伸出援手，想說這樣對杉浦而言比較輕鬆，甚至很高興近野跟我變得親近。

卻沒想到，這麼做是在剝奪杉浦的努力，我卻絲毫不曾察覺，原來逼得她喘不過氣的人是自己。

和惠忽然對我笑了笑。

「當然啦，這一年來近野的努力我也看在眼裡，身為護理師，她真的很優秀，我也覺得醫院裡有各種類型的護理師是一件好事。一對一臨床指導結束時，我對杉浦說一年來辛苦她了，她有點沮喪地說，不確定自己是不是真的有派上用場。我說，妳也在近野身旁見證了她的成長，要對自己有自信啊。她聽了之後哭了一下下。」

連我都差點哭出來。打從心底慶幸當時杉浦身邊有和惠在。

過不多久，和惠就榮升護理長了。

被選上的不是我。

我知道，這是理所當然的事。當主管需要有經營管理能力與識人長才，兩方面和惠都比我出色多了，她更適合擔任護理長。

我徹底感到疲倦。

同時，瞬間失去了自信。懷疑自己至今對病患及院內同仁做的事是否正確，對過去那些自己費盡心力做過的事失去信心。

我想成為支持他人的力量，我想做個對別人有所貢獻的人。

正因如此，才會選擇當一個護理師。

可是，或許「想對別人有所貢獻」的想法太傲慢，只不過是自我滿足罷了。

何謂幫助別人？對別人有所貢獻又是怎麼回事呢？現在的我應該沒辦法了，沒有那樣的能力、體力和毅力。

一失去自信，身體就更倦怠，腰痛也更嚴重。

我盡可能跑到比較遠的醫院去看診，聽那邊醫生診斷「可能是椎間盤突出」時鬆了一口氣。因為，這樣我就能以健康問題為由辭職了。

已經無法再回頭去當護理師。現在的我，變得非常害怕必須與人密切接觸的工作。即使如此，從頭開始一份新工作好像更不可能。

今後該如何是好？我的立足之處究竟在何方？

疲憊至極的心靈與身體只是不斷如此吶喊。

幫幫我。誰來幫幫我。

傍晚，慢慢從沙發上起身，回到自己房間。

無論如何都必須找工作。

打開筆記型電腦，發現收到一封來自RASTA的信。

是mina寄來的。

「朔之崎怜花小姐

本次非常感謝您訂購商品。
不好意思，能否請您告知希望購買的戒指尺寸呢？
本店從七號到二十二號都有提供。」

我驚呼一聲，打開「朔」的商品頁。仔細一看，上面確實寫明「訂購時請在備註欄填入戒指尺寸」。對啊，買的是戒指，我卻完全沒想到尺寸的事。第一次做這種事，果然就是會在這種地方發生失誤。

丟臉的是，我甚至不知道自己該戴幾號戒指。回到信件內容，後面接著這麼寫：

「如果不知道自己的戒指尺寸，請拿紙張剪成長條，繞手指一圈，在重合處做記號，測量長度並告知即可。這邊會直接為您換算成戒指尺寸。當然，收到商品後如果尺寸不合，也可以免費修改，屆時請隨時提出，不用客氣。mina敬上。」

真是面面俱到，應該很習慣這種狀況吧。

像我這種忘了填寫尺寸就訂購的菜鳥客人一定很多。

我拿張便條紙剪成長條，繞在右手無名指上。起初猶豫了一下該戴在哪隻手指好，最後用刪去法做了決定。拿原子筆在紙條重合的地方做了記號，打開來拿尺量。四點九公分。不知道換算起來是幾號戒指呢。

我開始回信給mina。

「mina您好

謝謝您詳細的回覆。

很抱歉，上次忘了填寫尺寸。

更不好意思的是，我不知道自己該戴幾號，所以照您教的方法用紙條量了。繞右手無名指一圈的長度是四十九公釐。那麼後續就再麻煩您了。」

正要打下「朔之崎怜花敬上」時，我盯著自己放在鍵盤上的手，幾乎是下意識地，手指自己動了起來。

「其實，這是我第一次像這樣購買飾品。

最近辭去持續了二十年的工作，正在找新工作時，在網路上發現『朔』這款戒指。心想，這個戒指能為打算在全新領域中工作的我帶來勇氣。

可是事實上，即使打算挑戰新事物，還是有著某種程度的猶豫。

我去面試了和過去性質完全不同的工作，還以為會成功獲得錄用，結果收到不予錄取的通知。當時雖然沮喪，內心深處也有點鬆了一口氣。

或許我還是喜歡自己一直以來從事的工作。

年過四十，事到如今要成為一個完全不同的自己，是一件很不容易的事。

可是，發現『朔』的那天正好是新月之日，又跟我名字一樣……我心想，這或許是緣分。

期待收到戒指，那麼就再麻煩您了。朔之崎怜花敬上。」

也沒好好重讀一次，我就按下了「寄出」。

對一個連長相都不知道的人說了這麼多內心話，我一定是瘋了吧。

可是，總覺得正因對方是陌生人，才能像這樣老實坦承心裡的想法。即使長相和年紀都不知道，甚至這還是第一次通訊，我認為做出那個戒指的人值得信任。

身體忽然感覺變得輕盈。

是啊，我一直想像這樣跟誰吐露自己的心聲。

把打開的筆記型電腦放在書桌上，自己往床上一躺。

露娜從半掩的門縫裡鑽進來，一臉理所當然的樣子跳上來，躺在我旁邊。

嗳、露娜，我啊。

從小就想成為護理師。

盲腸開刀住院時，看到臉上掛著笑容勤奮工作的護理師，覺得好帥氣喔。好像只要有他們在身邊就沒問題了，可以放心。所以，我自己也想成為那樣的人。

我喜歡照顧別人、幫助別人。看到對方開心，我也會很高興。

可是「照顧別人、幫助別人」是怎麼回事呢？

比方說，不講人類，講貓好了。

露娜自己做不到的事，我代替她做，這樣算嗎？像是把貓食倒進盤子裡，或是幫她換貓砂。

可是，露娜也為我做了自己做不到的事。光是把那柔軟的身體貼在我身上，就能為我帶來撫慰。因為自己無法擁抱自己啊。

可是，這算「照顧」或「幫助」嗎？我不知道。

這時，電腦傳來通知收到郵件的聲音。

mina很快回信了。

「朔之崎怜花小姐

感謝您的回覆。

四十九公釐換算起來是九號。

等收到商品後，如您需要調整尺寸，也請不用客氣，可隨時與我聯絡。」

九號。這樣啊，我的右手無名指尺寸是九號。

就算只是得知這個資訊，買戒指這個新的嘗試也值得了。

mina在郵件中繼續寫道：

「得知朔之崎小姐第一次選購的飾品是『朔』，我感到非常榮幸。謝謝您。這是一種自己也難說明清楚的感覺，只是，在製作飾品時，我總懷著它們已經確定會送到誰手中了的心情。儘管不知道對方的長相，但我總在心中想著日後會拿到作品的人來製作。

本次，這只戒指能透過我送到朔之崎小姐手中，我感到非常開心。

這次使用的是黑色月光石。第一次看到這種寶石時，它的存在感也震撼了我。不由得心想，本該是肉眼看不見的新月，如果看得到的話，或許就是這種形狀了吧。」

讀到這裡，我輕輕嘆了一口氣。

她說得像是「朔」打從一開始就注定來到我身邊似的。但我相信她說的，因為，到此為止的一切都太恰巧了。

「一切從零開始也很棒，不過我認為『重整』也是一種新的開始。就像新月也不是成為新的天體，只是反覆不斷地重生。我打從內心希望，這只戒指能成為朔之崎小姐的助力，為您帶來內心的平靜與些許的勇氣。mina敬上。」

……重整。這詞彙說進了我的心坎。

有一種覺醒的感覺，又像獲得了什麼提示。

連長相都不知道，只是默默陪伴在身旁的mina，簡直就是「朔」。

另外，「成為助力」的部分我也看了好幾次。

戒指能成為人的助力？

隔天傍晚，樋口太太突然回來了。

抱著三大袋伴手禮。

我請樋口太太進屋，她套上我拿出來的拖鞋，大喊：「露娜～！」

聽到她的聲音，露娜從客廳裡探出頭來。樋口太太抱起露娜，臉頰湊上去磨蹭。

我走進廚房泡茶。

樋口太太帶來的伴手禮，全都是附近甜點店和水果行賣的東西。

「旅行好玩嗎？」

用托盤端著兩杯麥茶，我一邊走回客廳一邊問。樋口太太抱著露娜，縮了縮脖子說：

「……其實不是旅行啦。抱歉，我去了朋友家。是婚前跟我住很近的工作夥伴。」

「去朋友家？」

「嗯。她突然打電話來，說心情很不好。已經快五十歲了，竟然同時遭到失戀和被裁員的雙重打擊。對她來說，等於一口氣失去所有重要的東西。所以我急得像熱鍋上的螞蟻，對著電話大喊等等我！我馬上過去陪妳，陪妳痛快哭一場，哭到妳不哭為止！掛上電話後，本來想帶露娜一起過去，才想到她住的公寓禁止帶寵物。」

好積極的行動力啊。

有這樣的朋友，她一定很安心。我這麼說。

「總之，妳就是想為她做點什麼吧？」

沒想到，樋口太太搖了搖頭。

「不，我什麼都無法為她做啊。既不能讓她男友回頭，也無法阻止公司裁員。可是，我希望讓她知道，至少有我在。」

露娜扭動了一下身體。樋口太太把她放回地上，又慢條斯理地微笑著說：

「人在煩惱的時候，不是很容易迷失自己嗎？說『我在』的意思，就是想告訴她『妳自己也在喔』。惦記著她的我在這裡，就證明了她也在這裡，我是這樣想的。」

我的存在，證明了妳的存在。

這是我從未有過的想法。

或許真是如此。不需要想太多，也不用做什麼特別的事，光是這樣，人們就能重新找回自己了吧。

愣愣看著麥茶杯，我說：

「……妳朋友不哭了嗎？」

「嗯，總之我就陪她哭了一場，大罵男人和公司。兩人一起去卡拉OK唱到盡興，去高級日本料理店吃好吃的東西，再去溫泉勝地度了一天假。當然啦，受到的傷不會這樣就痊癒，也或許還會再哭吧。」

樋口太太津津有味地喝著麥茶。

「之前我們兩人住在走路只要五分鐘的地方，而且都沒結婚，所以經常見面。不過，現在即使分隔兩地，這樣的距離也不錯。正因偶爾碰面，有些話才講得出口，也比之前更容易察覺彼此的變化。」

聽到這個，我想起竹取翁的節目。

即使正一點一點遠離，仍以當下彼此最適合的狀態與地球建立關係的月亮。

說不定，這個道理也適用於人際關係。還有，工作也是。

即使不在與過去相同的環境，或許也能不偏離主軸，只是換個位置工作。

樋口太太歪了歪頭。

「不過，因為這樣也給朔之崎家添麻煩了，對不起。真的很感謝你們。有怜花在真是幫了大忙。不只是幫了我或露娜，也幫了我朋友。」

「沒有啦，我沒幫上妳朋友什麼忙……」

「不，即使沒有見過面，怜花也間接幫助了我朋友喔。」

如果要這麼說的話。

我也受到樋口太太的幫助啊。這幾天，我獲得了露娜的陪伴。所以，換句話說，樋口太太的朋友也算間接幫助了我……？

正這麼想時，樋口太太突然「啊」了一聲。

把臉湊上旁邊貼在牆上的荷魯斯劇團海報。

「妳去看了嗎？這場公演。」

「喔，我爸媽去了。」

「託佑樹的福，我和先生也成為荷魯斯劇團的死忠粉絲了喔。超迷的那種。」

因為我連一次也沒去過，只能有點尷尬地閉上嘴。樋口太太繼續興奮地說：

「佑樹真的很厲害，連神城龍都認可呢。那個人外表看起來很溫和，一遇到演戲的事可就非常嚴格了喔。一堆人好不容易入了劇團，卻又紛紛退出，就是因為這樣。能在這裡生存下去的只有一小部分人。」

……原來是這樣啊。

感覺像是有人一把揪住我的心臟。

看上去總是開開心心的佑樹，從來不抱怨的佑樹。

在我沒看到的地方，他不知道付出了多少努力。

老是想要支持別人、幫助別人，我怎麼從來沒把家人和弟弟放在心上。

我輕輕甩頭。

不要再把自己活得那麼綁手綁腳了。

好好恭喜佑樹吧。說他真的很努力。

順便也用開朗的語氣告訴他，自己的衣服自己洗。

比起一邊抱怨一邊還是默默啟動洗衣機，不如這麼做更好。

露娜坐在樋口太太身邊，緩緩搖著尾巴看我。

四目交接時，我在心裡對露娜說謝謝。真的，謝謝妳。

接著，我轉向樋口太太：

「需要幫忙的時候，歡迎隨時再來跟我們說。我跟露娜現在混熟了，和她在一起很開心喔。」

「真的嗎？謝謝，太好了。」

樋口太太先是露出爽朗的笑容，跟著又靜靜地對我說：

「問佑樹能不能幫忙照顧露娜時，他是這麼說的喔：『我姊最近好像有點沮喪，說不定讓露娜來住，能讓家裡氣氛好一些。』或許他嘴上沒有明講，其實佑樹也以他的方式在關心妳呢，怜花。」

兩天後，「朔」來到我身邊。

包裝得很仔細，還附上一張mina親手寫的小卡。

說來理所當然，但mina不只存在電腦中，而是現實世界裡的人。這令我深深感動。

試著將戒指戴上右手無名指。尺寸剛剛好。

黑色月光石與金色的金屬線都比照片裡看到的更美。

毫無疑問地，這是我的戒指。一如預計的來到我身邊。

瞬間，心情振奮了起來。儘管毫無根據，我產生「相信自己一定沒問題」的堅強信念。

戒指什麼都不說，也不會動。但我確實從它身上感受到支持的力量。

凝視戒指，我問自己。

我想做的事……我想做的事是什麼。

腦中浮現樋口太太說「妳幫助了沒有見過面的人」時的笑容。

我也能像 mina 一樣，成為誰的朔嗎？

一片漆黑的夜空另一端，月亮或許正在進行第幾億次的重整。

打開筆記型電腦，點進求職網站，我開始尋找。

在一整排的職業分類中，滑鼠選擇了「醫護類」。

目前的我，終究還是無法回到跟原本一樣的第一線工作。

可是，只要把範圍放寬來找，即使不當在醫院工作的護理師，或許也能找到活用過往經驗的工作。我想找找看，做做看。

就保持現在這樣的距離，從我能做的事開始吧。

二章

表岩屑

就算只是穿鞋磨破皮這種事，也能令人瞬間陷入絕望。
可是，誰都沒發現。
因為看不到啊。藏在鞋子裡的紅色傷口。
血水都還沒乾透，卻又得繼續往前走了。這樣的痛也沒人知道。
新買的便宜球鞋很硬，穿舊了的襪子又薄，強忍擦傷疼痛的腳跟簡直就像我本人。
已經不行了，無法繼續往前走。明明這麼想，腳卻繼續在動，這是為什麼呢？

「謝謝您！」
抓起客人簽好名的收據，背對大門跑開。
我任職於三葉宅配，公司並沒有規定司機送貨時一定要用跑的。
可是，至少在客人還看得到的地方，絕對不能表現出一副悠悠哉哉的樣子。
要強調出「行動迅速敏捷」的模樣，這是從研習時就反覆被叮嚀的原則。重點似乎在於給客人留下什麼樣的印象。

現在才剛進入九月，天氣還很熱。帽簷下的額頭滲出汗水。

一鑽進停在路邊的送貨用輕型車，立刻脫下鞋子。輕輕掀開右腳的襪子，脫皮的阿基里斯腱正用一片濕答答的血水訴說受到的傷害。不看還好，愈看愈覺得痛，磨破皮的程度很嚴重。

同樣翻開左腳的襪子，這邊還算輕微，但也已經起水泡。要是不趕快處理，肯定也會步上右腳的後塵。

瞄一眼手錶。指定中午以前送達的包裹還有三件。現在十一點四十分，得加快腳步才行了。

從這裡繞到那裡，再從那裡接下一條路……一邊在腦中的地圖上盤算接下來要走的路，一邊套上球鞋。姑且先踩著鞋後幫，不把整隻腳套進去，放開手煞車。

車子慢慢往前行駛，我恍惚地想著為什麼右腳和左腳受傷的程度不一樣。是走路習慣的問題？還是兩隻腳的大小形狀有微妙差異？說不定只是我們擅自把兩隻腳想成一對，其實右腳和左腳分別有他們自己的想法？

說起來，兩隻腳也只是一對「搭檔」吧。一邊想著這種事，一邊打方向盤。

我從青森來到東京，是八年前，二十二歲時的事。

為了成為搞笑藝人。

這是我從小學時代就開始勾勒的夢想。當時，不管我說了什麼，班上同學都會哈哈大笑，他們的反應讓我高興極了。朋友和老師都常說「你這麼好笑，去當搞笑藝人就好了啊」。我也有那個意思。

不過，那也僅止於「想試試看」、「要是真當得成就好」的程度，說穿了只是一種嚮往。就跟「想上月球看看」差不多。

大四那年夏天，才剛展開就職活動不久，我就拿到地方上一家信用金庫的錄取內定通知。家人都為我感到高興。只要修完剩下的大學學分，往後就能擁有一份穩定工作，即使過不了太奢侈的生活，至少也能過得還算愉快吧。我在這個城市出生成長，有時雖然無聊，但從來不覺得有什麼不便，也在這裡交到許多相知相惜的朋友。

然而，秋天大學校慶時，我想起了自己從小到大的夢想。不、或許應該說，我再次發現自己內心藏有那個念頭。

在校慶籌備委員會的邀請下參加了搞笑表演，和高中時代的朋友阿哲搭檔，組成名為「五衛門們」的搞笑雙人組。五衛門是阿哲家養的狗的名字。

腳本由我負責創作。我扮演裝傻角色，阿哲扮演吐槽角色。我們的表演獲得超乎預期的成功，每個看了五衛門們當天演出的人都說很好笑。

觀眾哄堂大笑的聲音，一張又一張開心的笑容，那些對我們表示讚嘆的眼神，以及無數的掌聲。感覺自己與會場融為一體，有生以來第一次獲得令我頭暈目眩的快感。沒想到自己說的話與自己的表演能逗得大家這麼高興。

我是不是頗有才華啊，膚淺的我這麼想。

在老家過安穩生活也不壞，但是，內心總有個疑惑，那樣真的好嗎？明明內心產生了想一賭自己潛力的欲望，我真的該裝作沒看見嗎？

這時，我才第一次查了「如何成為搞笑藝人」。

用手機上網找了一些資訊，得知有個叫做「培育所」的地方，不過這些搞笑藝人培育所大多集中在東京及大阪。不同培訓所的課程內容、天數和費用也各不相同。我找到一家註冊費和學費加起來一年要五十萬的培育所，仔細讀了網站上的說明。算了算，拿出我的存款，再從現在開始打工的話，五十萬也不是籌不出來。經營這間培育所的經紀公司裡，有好幾個在電視上看過的搞笑藝人呢。

瀏覽公司網頁時，腦中浮現自己學習成為搞笑藝人的熱情姿態。這裡就是我實現夢想的地方了。我也做得到。這麼一想，再也克制不了衝動。

請對方提供資料，提出申請書，接受經紀公司的面試甄選……以驚人速度通過入所許可。老實說，比我考上大學或拿到信用金庫錄取內定還要順利。

我向已確定成為公立國中教師的阿哲報告這件事，起初他驚訝地說：「欸，真的假的！」又立刻高興地為我加油打氣。

「成名之後還是要跟我做朋友喔！對了，幫我拿明星的簽名！啊、本本，趁現在先幫我簽名吧。我要去跟學生炫耀。」

「本本」是我的綽號，來自我的姓氏「本田」。

幾天後，阿哲真的買了簽名板來，我用超粗麥克筆在上面簽下大大的名字。藝名尚未決定，先試著簽了「本本」，看上去有點空，就在下面補上本名的「重太郎」。

本本重太郎。

「……不錯嘛？」

阿哲這麼說。

「……不錯吧？」

我也點頭附和。

「成名之後還是要跟我做朋友喔。」

阿哲看著簽名板，說了跟上次一樣的話。

上次說這句話時，他的語氣很興奮，這次卻露出落寞的微笑。

現在的我，和阿哲已經好幾年沒見。一開始還彼此寄了幾年的賀年卡，後來連這也中斷了。我們都已經三十歲了。

阿哲還願意和大張旗鼓來到東京，和至今沒有成名的我做朋友嗎？這個無法在學生面前炫耀的朋友。

好不容易趕在中午前送完那三件貨，終於可以休息。

平常不是在超市買個便宜便當或飯糰，回貨運中心的休息室吃，就是找個地方停車，在車內度過休息時間。

但是不管怎麼說，比起午餐，現在更重要的是買OK繃。

這麼說起來，附近好像有間大型藥妝店。我開著車過去。

在第一次進來的藥妝店停車場把車停好，一下車就看到旁邊的「陽光機車行」外停了整排摩托車。車上分別掛著寫了價格的牌子。我只遠遠看一眼就踏入藥妝店的自動門了。

值得慶幸的是，這間藥妝店裡也有賣便宜的麵包和飲料。先找到OK繃，又買了香腸麵包和寶特瓶裝的咖啡歐蕾，坐在廁所外的長椅上處理傷口。

處理完後，暫且喘了口氣。這樣應該勉強能撐過下午的配送吧。

……隔壁有機車行呢。

我仍然坐在長椅上，拿出褲袋裡的手機。

打開Twitter應用程式。帳號「本本重太郎」的跟隨者只有二十六個，其中大部分是做人情的互相跟隨，再不然就是莫名其妙的高利貸或色情帳號。不過，能多增加幾個跟隨者還是值得感謝。自己雖然也想多跟隨幾個搞笑相關的帳號，萬一跟隨的帳號數量比跟隨者還多，看起來又太遜了，所以現在跟隨的帳號只維持在二十四個。

自我介紹的地方，姑且寫上了「搞笑藝人」。

我還沒有放棄搞笑，比起說服別人，更想這麼說服自己。

「曾經是『本本朔朔』的本本，現在是單口搞笑藝人。」

「本本朔朔」是我以前隸屬的搞笑組合。就算再少也沒關係，只希望還有人記得。

當年，在培育所認識的夥伴阿朔對我說「做我的搭檔吧」。於是，從培育所畢業後，我們一起以雙人組合的姿態活動了兩年左右。阿朔扮演裝傻的角色，而我負責吐槽。雖然沒上過電視或雜誌，但也曾參演經紀公司主辦的現場活動，或去外縣市參加小規模的表演，接些商業演出等等。以起跑點來說，算是還不差。

然而，有天阿朔突然說他不當搞笑藝人了，我們的組合就這樣解散。經紀人問我：「本本接下來打算怎麼辦？」

「我想一個人繼續下去。」我想也不想就這麼回答，經紀人卻皺起眉頭，從我身上轉移視線說：

「嗯——這樣啊。」

嗯——這樣啊。

這語氣說明了一切。在這之前，「本本朔朔」之所以還算受到經紀公司照顧，只不過是因為搭檔阿朔既優秀又受觀眾歡迎。現在剩下一個人的我，對經紀公司而言毫無用處。

進入培育所後，我就清楚地知道，即使從培育所畢業，能夠加入經紀公司的人，頂多佔全體畢業生的四分之一。在學期間若不常提出好點子，或是畢業演出時沒有好好表現，就無法獲得經紀公司認同。一旦被經紀公司放棄，自己擁有的就只剩下進過培育所的經歷而已。

阿朔是自帶光環的人，就算什麼都不做，光是站在舞台上就很好看。他聲音宏亮，口條流利，一舉手一投足都帶有吸引觀眾視線的氣質。在培育所時，表演的劇本原本由我們一人創作一半，後來也變成以阿朔創作的為主。從很久以前開始，我就意識到自己只是陪襯。

阿朔離開經紀公司的同時，我也失去了容身之處。

原本還能斷斷續續接到的工作完全中斷，公司也不再安排我參加試鏡。我忍受不了這種待遇，選擇離開經紀公司。

很多搞笑藝人也沒有隸屬經紀公司，以自由之身的方式活動。所以，我決定以單口搞笑藝人本本重太郎的名義，靠自己繼續從事這份工作。

「穿了新鞋磨破皮，這雙鞋還真調皮。不但押了韻，更踩扁了鞋。」

拍下貼了OK繃的腳和被我踩扁的鞋後幫，我在Twitter上發了這篇貼文。如何？滿好笑的吧？就在我繼續往下滑去看其他貼文時，有人在剛才的貼文下按了一個讚。

來了。我忍不住微笑。

按讚的帳號名稱叫「夜風」，大頭貼是一輛藍色速克達。

不知道對方的性別、年齡與職業。不過，只要我一貼文，這個帳號就會來按讚，是我寶貴的跟隨者。

最早察覺到夜風這位跟隨者時，我點過去他的頁面看，看到他發了一則貼文「本本重太郎……真懷念啊」，高興得差點發出尖叫。

原來真的還有認識本本朔朔的人。而且他不只認識阿朔，連我都記得。社群網站真是厲害，能把我和這樣的人牽在一起。

想到這裡，我心頭赫然一驚。

……他說「真懷念」？

難道會是阿哲嗎？

按捺忐忑不安的心情，我繼續往下瀏覽夜風的貼文。貼文數量不多，也沒有轉貼別人的發文。只可惜，包括「低血壓真痛苦」、「好想染頭髮」等內容在內，愈看愈不覺得夜風會是阿哲。最後看到一則「不管什麼時候來澀谷都這麼多人」的貼文，終於確定他不是阿哲。

不過，即使如此，光是知道有人懷念本本重太郎，這個事實已經令我感激得差點哭出來。我重新振作精神，打算反過來跟隨對方。這麼一來，夜風之後應該就不會取消對我的跟隨了。

可是，滑著夜風其他貼文時，我不禁停下手中的動作。

「討厭死了，最討厭大家了。」

看到這則貼文，我心想，這個 Twitter 帳號或許是夜風能夠安心自處的所在。他目前沒有任何跟隨者，正因為這樣，他才能在不被任何人看到的安全感中發洩真正的心情吧。要是我現在跟隨了他，夜風說不定就無法把想說的話都說出來了。

我放棄跟隨夜風。可是，每當夜風為我按讚……看到那張藍色速克達的大頭貼出現時，我總是能獲得救贖。

感覺就像有人對我說，你還可以繼續當本本重太郎。

提著剛買的東西離開藥妝店，走回停車場前，我先繞去隔壁的機車行。OK繃妥善地保護著兩隻腳的腳跟。

一輛一輛檢視停放在店頭的摩托車，想找到速克達。但我對兩輪不太熟悉，只知道夜風大頭貼裡的速克達有一大片平平的車頭，形狀頗為特殊。我想知道那輛速克達的車款叫什麼。

有一輛感覺很像的速克達停在最邊邊。顏色是米褐色。正想過去看個仔細時，店裡走出一名男店員，熱情地招呼「歡迎光臨」。

因為完全沒有要買車的意思，我覺得有點不好意思。苦笑著朝對方轉過去，店員忽然大喊「啊！」。

被聲音嚇到的下一瞬間，我也忍不住發出「欸——！」的叫聲。

「本本！不會吧，竟然是本本！」

笑得整張臉都皺在一起，店員用力拍打我的肩膀。那張臉我怎麼可能忘記，是「本本朔朔」的阿朔啊。朔之崎佑樹。

愣在原地說不出話時，阿朔看到我身上的制服便說：

「你在當送貨員啊？」

「嗯、嗯，阿朔呢？在機車行工作？」

「對，只是打工而已。」

劇團呢？

我想這麼問，但難以說出口。

阿朔因為被一個叫荷魯斯的劇團吸引，迷上那個劇團的團長神城龍，才會說他要改行演戲，放棄當搞笑藝人。

那時，我沒能對他說「不要放棄」。我什麼都沒有，無論才華或說服力都不足以留下阿朔。比起繼續和我一起當搞笑藝人，阿朔更適合成為演員，也一定會在這條路上成功的吧。我甚至覺得不只阿朔自己，全世界都這麼希望。

所以，我裝作明事理的樣子說「知道了」，接受他的退出。

加入荷魯斯之後阿朔過得如何，我一點也不想知道。所以完全不去接收任何有關他的消息。不可否認，內心仍有嫉妒和不甘的情緒，不希望「演員阿朔」發展順利。最重要的是，這麼想的自己讓我很痛苦。

阿朔還在劇團裡活動嗎，還是又踏上別條路了呢？無論哪一種，我聽了都不會高興吧。我低下頭。

「本本是正職員工嗎？」

阿朔以爽朗的聲音這麼問。面對那毫無心機的態度，我感到身體深處隱隱作痛。這句話就像在說：「你已經放棄當搞笑藝人，再也不留戀了嗎？」也不想想是誰造成的。

「沒有，只是約聘員工。畢竟如果當正職就沒辦法腳踏兩條船，兼顧不了搞笑藝人的活動了。雖然我現在還毫無名氣就是了啦。」

這是我用盡全力的逞強，也是最大程度的嘲諷。儘管一點都不認為阿朔能理解我複雜的情緒。

進入三葉宅配時，一開始做的是理貨的工作。當時剛離開經紀公司，我打算一邊當搞笑藝人，一邊同時做幾份兼差維生。

有個叫「報名演出」的表演空間，在那裡，誰都可以上台演出。不用參加試鏡，也不需要靠關係。想上台演出的人只要付錢就能上台，一次費用兩到三千圓不等，表演時間不到五分鐘。既不可能對外大大宣傳，也沒有觀眾會專程為了看我而來。

即使如此，我仍然持續上台，為的是增加曝光率。想著或許這次會被誰看見，進而給我機會。是這個念頭支撐我一次又一次站上舞台。

身為單口搞笑藝人的本本重太郎，以單口相聲的方式表演。我的招牌橋段是口中喃喃嘀咕「好奇怪啊、好奇怪啊」，以搞笑方式說出世間的不合理。只是，我不覺得觀眾看了我的演出覺得好笑，其他搞笑藝人也沒笑過。或許我就只有這麼點實力。

以這種形式持續了一段時間的表演，離開經紀公司之後的我，說到底根本沒有靠搞笑賺到錢，反而把錢都花在表演上。不只如此，沒有任何地方需要我，整天閒得發慌。

於是，我參加了三葉宅配公司的內部招考，及格後，從原本的理貨員轉為送貨司機。約聘員工的薪水讓我勉強租得起便宜公寓，還能抽出時間寫段子，偶爾去「報名演出」的舞台表演。

過去也有幾次公司問我要不要參加正職員工的考試，每次我都有點猶豫，最後還是放棄嘗試。

為了繼續當搞笑藝人，我「故意」放棄當上班時數更長的正職員工。

可是，這也只是給自己找的難看藉口罷了。這兩年來，別說上「報名演出」了，連想段子的時間都沒有。然而，我仍不放棄以搞笑藝人自居。說什麼腳踏兩條船，自己都覺得丟臉。

「你要買摩托車嗎？」

阿朔這麼問，我急忙揮揮手說「沒有啦沒有啦」。

「只是看看而已。這款車叫什麼？」

我指向最旁邊那輛米褐色的速克達。瞬間，阿朔像是因為找到話題而鬆了一口氣，露出笑容來。

「喔，這叫Vespa。很時髦吧，我也很喜歡這種車，這是義大利車喔。在《羅馬假期》裡葛雷哥萊．畢克和奧黛麗．赫本騎的就是這種車。當然啦，出現在電影裡的是更老的車款。」

「是喔。」

我凝視阿朔的臉。

和以前一樣，他依然有著堅定的視線、帥氣的長相和清澈宏亮的聲音。

陷入短暫沉默，阿朔好像有點尷尬，乾脆豁出去似的問：

「對了本本，你的手機號碼還是本來那個嗎？」

「嗯。」

「我也是，我也沒換喔。」

阿朔不知為何笑得有點害羞。

那又怎樣呢？我不知該如何回答，只能含混地「喔」了一聲，轉身背對阿朔。

「那我走嘍。」

「……嗯。」

我離開機車行。四十五分鐘的休息時間只剩下二十分鐘了。

從藥妝店開了五分鐘左右的車，來到我常去的一處公園。這座東綠地公園佔地相當廣闊。

把車停在停車場，稍微放倒椅背。原本想下車，看天色好像快下雨了。再說，為了應付下午的工作，我想盡量讓腳休息。

從袋子裡拿出香腸麵包，一邊啃一邊打開手機。

在搜尋引擎裡打下「荷魯斯劇團」，第一個就跳出劇團的官方網站。

我一直刻意不去看的地方，阿朔離開後去了的遙遠地方。盡量什麼都不想，點開劇團演員列表。

最上面是團長兼導演神城龍，底下約有十人左右的演員。

一下就找到了阿朔的名字。朔之崎佑樹。照片裡的他對著鏡頭笑。

不只如此，照片下還有一行文字，預告他是下次公演的「主演」。

我心頭一陣沉重。

滿口的香腸麵包突然奪走嘴裡的水分，我大口喝下寶特瓶裝的咖啡歐蕾。液體不小心吸進氣管，用力嗆咳起來。

咳了半天，連眼淚都滲出來了。真是的，為什麼我老是這樣。不管做什麼都這麼遜。

阿朔不但繼續演戲，還當上了主演。

或許他目前還需要打工才能維持當劇團演員的生活，但我相信，阿朔很快地就能上電視或演電影，和我搭檔的那段過去，說不定將成為他不堪回首的歷史。

啊，不過那樣的話，電視上可能會以「珍藏畫面」的名義播出培育所時代「本本朔朔」的演出片段。我或許也有機會稍微亮相，搭阿朔的順風車上個電視，收割一點名氣。

因嗆咳而不舒服的喉嚨和胸口已經好多了，唯有眼淚止不下來。

想成為搞笑藝人，從故鄉來到東京。可是，少了阿朔之後，我領悟到自己一個人既沒有才華也沒有運氣。明知如此，依然無法放棄掙扎。

和阿朔這種本來就在東京出生成長的人不一樣，我是奮發圖強從家鄉來到東京打拚的，事到如今又怎能厚著臉皮輕易回故鄉。到了這個地步，甚至搞不清楚自己留在這裡是真的為了實現夢想，還是為了維護渺小的自尊才無法回頭。

神城龍。

我有點恨你喔。從我身邊搶走阿朔的他，是個什麼樣的人呢？

關掉荷魯斯劇團的官方網站，重新搜尋「神城龍」。第一個跳出來的，是他的維基百科頁面。點開一看，裡面寫著一長串的資歷，主要以自己撰寫劇本的舞台劇為中心，最近好像也有接戲劇或有聲書的配音工作。維基百科裡引用了一段專訪內容「連鮎川茂吉都大力稱讚，直說除了神城之外，沒看過能把不同角色詮釋得這麼出色的演員，包括嬰兒和老人在內，他身體裡到底住了幾個人」。鮎川茂吉是連我都聽說過的知名劇作家。

這就是才華吧。優秀的演員就是這樣吧，能化身為自己以外的另一個人。阿朔也是啊，我曾驚訝於他模仿別人時的聲音語氣，竟然能轉換得那麼巧妙。

根據維基百科的內容，神城龍今年五十二歲，二十八歲那年創立荷魯斯劇團。十一年前離婚，現在和兒子一起生活。雖然沒寫出兒子的年紀，沒想到他是單親，這倒頗令人意外。

懶得繼續查下去，我關閉頁面。休息時間只剩下五分鐘了。

重新整頓一下思緒，把剩下的香腸麵包塞進嘴巴，點開手機螢幕上的Podcast應用程式。

點選了我很喜歡的節目《一千零一月》，深藍底色的節目封面，上面有著白色的手寫文字。

「從竹林中為您播送，我是竹取翁，不知道輝夜姬過得好嗎？」

不久之前，我想嘗試看看錄製Podcast，於是找了幾個節目來參考，其中就包括這個節目。

起初，我以為節目名稱是「運氣不好❷」的意思，心想，那這人豈不是跟我一樣嗎，打開來聽聽看吧。

結果，原來不是運氣，是月亮啊。這個節目以簡單易懂的方式說明關於月亮的小知識，很能勾起聽眾的興趣。一集十分鐘的長度也剛剛好，我開始利用休息或移動的時間聽這個節目。

「今天是滿月的日子呢。不是有一首童謠歌詞唱著『盤子一樣的月亮』嗎？我總覺得這個形容方式很符合科學。如果今晚各位看得到月亮的話，不妨確認一下。手邊有球或氣球的人或許更容易理解，一般來說，當光線照在球體正面時……」

竹取翁的聲音很好聽。溫柔沉靜，帶點落寞，又帶點熱情，給人容易親近的感覺。

長相、年齡和職業都沒有公開，頂多只知道性別應該是男性。一邊傾聽竹取翁的聲音，我一邊繫緊安全帶。

❷節目名稱的「月」在日文中和「運氣」同音。

《一千零一月》每天早上都會更新。真的是每天每天，在同樣的時間更新。這是免費節目，想必他也沒有靠這個賺到錢，能做到這地步真的很厲害。光是跳著聽了幾集我就知道自己做不到，只能馬上放棄。這樣的我實在太不中用了。

竹取翁繼續說著，我慢慢踩下油門。

腳跟又在絲絲作痛，不是有貼OK繃了嗎？

那天晚上，我打開公寓的窗戶，仰望天空。

因為我還記得在車上聽竹取翁說了什麼。即使被不時飄過的雲層遮住，建築物之間仍能窺見今晚的滿月。

「……一般來說，當光線照在球體正面時，看上去會是中央部分特別明亮，外圍則比較昏暗對吧？這也會使球體看起來更有立體感，令人實際感受到它就是一顆圓球。月球也是球體，照道理來說，原本外圍看上去應該昏暗不清才對。可是，我們實際上看到的滿月，無論中央或外圍都一樣明亮，彷彿像個平面。這就是為什麼，滿月經常會被形容成一個大圓盤。」

這就是我在今天的節目中獲得的資訊。

找到天上又圓又大的月亮，情不自禁發出「喔──」的驚嘆。

果然如竹取翁所說，連外圍也散發晶瑩剔透的月光，使月亮看上去就像平面。過去我從來沒想過這件事。

「為什麼月亮看起來會像個大圓盤呢？這都要拜月亮上名為『表岩屑』的細沙所賜。」

從竹取翁口中，我第一次聽到「表岩屑」這個名詞。

月球表面似乎覆蓋了一整面這種叫做表岩屑的細沙，它們會往四面八方反射太陽光，粒子之間也會相互反射，使光芒倍增。在散射的光線作用下，從遙遠地球上望過去時，就連外圍看起來也和中央一樣明亮了。

如果沒有表岩屑，天上的月亮或許不會那麼美。

就像撲在月亮臉上的粉，換句話說，就是為月亮化妝呢。

才剛這麼一想，腦中隨即浮現荷魯斯劇團官方網站上的阿朔照片。他原本就有一張吸引人的臉，化上舞台妝後更是光芒四射。

阿朔問我電話號碼有沒有變，那是什麼意思呢？

就在這時，電話響了。

瞬間嚇了一跳，難道是阿朔嗎？一看螢幕來電顯示，原來是妹妹惠里佳。

接起電話，惠里佳一如往常，語氣淡然地說：

「現在可以講話嗎？在家？」

「嗯。」

「下個週末要幫爸爸慶祝六十大壽，你會回來嗎？上次問你到現在都不回。」

「……嗯……」

關於要不要回去為父親祝壽的事，我遲遲無法決定。其實也不是什麼大費周章的宴席，只是和家人一起聚餐而已。可是，我還是很猶豫。離開經紀公司之後，連一次也沒回過青森。

惠里佳偶爾會像這樣打電話或傳LINE給我，透過她，父母肯定也知道我安好無恙。

小我一歲的惠里佳短大畢業後，就在地方上的社福機構找到工作，隔年很快地結了婚，現在住在老家附近。老實說，多虧有惠里佳，我才能這麼順利離開家。阿朔家好像也差不多，他曾說過「在我姊面前抬不起頭，真的超尊敬她的」。

見我沒有回應，惠里佳換了個話題。

「你在幹嘛？」

「看月亮。」

「欸？月亮？」

「因為今天滿月。」

「什麼啊，哥你什麼時候變得這麼浪漫？」

「月亮是一種娛樂。」

「啥？」

聽了我莫名其妙的嘟噥，惠里佳笑了。

月亮是一種娛樂。

這是借用剛組成搭檔時，阿朔說過的話。

那時，我們在夜晚無人的公園裡排練段子。抬頭看到和今晚一樣的滿月，阿朔說：

「從前沒有電視也沒有電影院的時代，對人們來說，月亮就是很厲害的娛樂了吧。不用通電就會發光，還每天變化不同的面貌，難怪大家都要賞月。月亮真受歡迎。」

阿朔張開雙臂，像在和月亮通訊。說著「補充能量」的他，側臉漂亮得像幅畫。

「……娛樂是什麼呢？」

我用自言自語的語氣這麼一說，阿朔就想也不想地提出彷彿早就準備好的答案：

「提供的人和接收的人一起開心，這就是娛樂！」

我困惑地問：

「咦？你的意思是月亮也很開心嗎？」

「當然啊。看到地球上的人全都熱烈期待著月亮的反應，月亮怎麼會不開心。」

望著他的笑容，我心想，這種地方果然很有阿朔的風格。

他總是正面積極，感情豐沛。在阿朔的世界裡，不管擷取哪個段落都自成一個故事。

我就不覺得月亮也很開心。

月亮應該不知道自己發出怎樣的光芒吧。只會看著自己身上的坑坑洞洞煩惱，哪知道自己帶給人類如此多的喜悅，也不知道自己這麼受人類喜愛吧？

我這無趣又負面的想法，打從一開始就比不上阿朔。

真糟糕，今天的我太感傷了。在機車行重逢後，對阿朔那些早已封印的想法紛紛洩漏出來。

惠里佳又用有點嚴肅的語氣說：

「哥，你身體還好嗎？」

「嗯，只有腳跟破皮。」

「腳跟破皮？那最好拿大張一點的OK繃打直的貼喔。」

「原來要這樣貼啊。」

我買的是普通大小的OK繃，而且打橫的貼。難怪還是一直脫落，磨破皮的地方更痛了。

「總之，大家都不會隨便打探哥哥在東京的事，你就大大方方回來吧。這種機會可是很寶貴的，你要懂得珍惜。」

「……嗯。」

我不置可否地掛上電話。

隨後，電話又響了。以為惠里佳忘了交代什麼，不假思索拿起手機。是阿朔。

看到螢幕來電顯示，我心跳劇烈加速。

身體一口氣發燙，呼吸變得侷促。要接？還是不接？事到如今找我還有什麼事。不接不行，可是又不想接。各種思緒紛至沓來，手指都在發抖。

在我動彈不得的手中，手機像是失去了耐性，終於不再發出聲響，自動轉進語音信箱。

我暫時把手機放在矮桌上，朝窗外做一個深呼吸。心臟還在怦怦跳。

吹了五分鐘左右的夜風，在緊張中打開留言來聽。

「……啊、我是阿朔。那麼久沒見了，今天看到你真的很高興。我、我一直很掛心……因為離開經紀公司時，沒能好好和本本你聊一聊。雖然都已經隔那麼久了，如果你願意的話，要不要見個面？」

我放下手機。

心想，幸好沒接起電話。

要是在電話裡聽到阿朔這麼說，我一定什麼都答不出來吧。

不管是回青森老家，還是跟阿朔見面聊聊……

現在這樣的我都還不夠資格。

在那之前，至少該以搞笑藝人的身分接到工作才行。

站在窗邊，再次仰望天空。

月亮的位置稍微移動了一些，依然像個散發光芒的白色大圓盤。

趕上了那個週末「報名演出」的申請。工作時間也勉強做了調整，久違地為了上台表演認真寫段子。

就算是得自己付錢才能站上的舞台，總覺得只要能在觀眾面前公開表演，就算還沒離開搞笑藝人的崗位。

「下次要上『報名演出』！」

在Twitter上寫了詳細內容後，夜風按了讚。他會來看嗎？就算來了，我也認不出觀眾席上誰是夜風。

看遍了YouTube上的搞笑短劇，自己動手寫劇本，休息時間和洗澡時嘴裡都喃喃練習著台詞。好久沒有這種感覺了。

終於來到演出當天。光線昏暗又狹小的劇場空間裡，觀眾席上大概只坐了五個人。殊不知後台等待的無名藝人多達三十人左右。

輪到我上台了。

「報名演出」的觀眾標準可是很高的。如果是粉絲，只要看到自己支持的藝人上台就很高興。可是，「報名演出」的舞台上都是生面孔，不知道會講出什麼話，觀眾應該也認為這些傢伙不是那麼有趣的吧。想要逗樂帶著這種心情來看表演的觀眾，門檻真的非常高。當著藝人的面打哈欠都還算客氣，有些人板著一張「你在說什麼鬼話」的臉，有人乾脆跟旁邊的人聊起天來，甚至有些觀眾一看到我上台就起身走人了。這些都令人看了難受，或許也是我慢慢遠離舞台的原因。

可是今天，光是看到有人來，內心就已充滿感謝。

謝謝你們。請看我的表演。

這也是我第一次在「報名演出」的舞台上仔細端詳觀眾的臉。

裝作一副沒幹勁的樣子，站在舞台中央，吶吶開口：

「好奇怪啊、好奇怪啊。」

洋芋片的包裝袋，為什麼只能直的撕開呢？我想橫著撕開啊。

給美容師洗頭的時候，都會問沖水沖夠了嗎，躺著的我哪會知道啊？好奇怪啊、好奇怪啊。

剛才出場時還在挑髮尾分岔的女性觀眾抬起頭望過來。另外一個一直用手撐著下巴的大叔，脖子稍微往前伸了伸。

因為和觀眾的距離很近，能清楚看到他們的反應。沒問題，首先可以確定他們都有好好聽見我說了什麼。

「好奇怪啊、好奇怪啊。看到嬰兒時會說可愛得想把他吃掉，看到卡通造型的甜點時卻說太可愛了捨不得吃掉，到底想怎樣啊。」

小劇場內傳出噗哧的笑聲。最前排的觀眾笑得肩膀抖動。

雖然還不到爆笑的程度，感覺得出觀眾有接收到我的笑點。

我興奮了起來，啊，為什麼這麼有趣。

現在，我身在一個多麼美好的世界。

在這裡，確實有著難以完全放棄的心情。

下了舞台，正準備回家時，在休息室外看見一張熟悉的面孔。

瘦削、駝背，戴著鏡片厚重的眼鏡，滿臉鬍碴的男人。

「吉澤先生！」

我不假思索跑上前。

他是一間活動企劃公司的社長，「本本朔朔」還能靠經紀公司安排參加現場演出的那段時間，他曾介紹過幾個地方振興活動的工作給我們。記得當時他還滿賞識「本本朔朔」的，只是解散後就連一次也沒交流過了。

吉澤先生看著我，皺眉露出困惑的表情。

「抱歉，你是哪位？想當搞笑藝人的人實在太多。」

「我是本本重太郎，以前組過『本本朔朔』！」

「嗯？」

眼神朝其他地方飄了一下，吉澤先生才像想起什麼似的點了點頭：

「喔、喔喔！你是不帥的那一個？」

「……沒錯。」

原來是用這種方法記得的嗎？也不能怪人家就是。

「你還在幹這行啊？不是解散很久了嗎？」

吉澤先生笑了笑，那笑容也可解釋為傻眼。

「是的。」

「那，加油嘍。」

我心急起來。

要是只打個招呼就結束，和過去的我有什麼不同。難得有機會遇見吉澤先生，得想辦法保持聯繫才行。

我朝歪著身體就要離開的吉澤先生大喊：

「那個！那個！我什麼都願意做，我是真心想當搞笑藝人！如果有工作機會的話，請聯絡我！」

吉澤先生好像有點嚇到。可能我太大聲了，引來路過的其他藝人側目。

「什麼都願意做，是嗎？」

摸著鼻子笑了，吉澤先生這麼說。

「像是上『爆嘰』當背景藝人嗎？我有朋友在當節目製作人，聽他說節目準備改組，正在找新人。像這種的，你會想試試嗎？」

爆嘰……！

我差點停止呼吸。

這是綜藝節目《爆笑嘰哩嘰哩碰》的簡稱。這個節目由大牌藝人主持，錄製時台上會找很多搞笑藝人坐在後面當背景，協助炒熱氣氛。他的意思是，我也有機會坐在那裡？

「可、可是我還是個無名小卒……」

我緊張得聲音都有點開岔了。吉澤先生咧嘴一笑：

「像這樣的傢伙也能一舉成名，這份工作不就是因為這樣才充滿夢想嗎？」

我聽見吞口水的聲音在自己腦中迴盪。

太棒了，驚人的好運落在我身上。

對我來說，這一定就是表岩屑了吧。撲上一層吉澤先生的表岩屑，我的光芒終於也能散播到遠方。

吉澤先生像忽然想起什麼似的說：

「喔，對了。你後天能來我公司一趟嗎？想讓你幫個忙。」

這麼快就有工作做了嗎？事情順利得令人害怕。

後天本來有宅配的工作，我猶豫了一下，立刻決定聯絡公司改班表。不、既然如此，乾脆把工作辭掉也行吧。

「當然沒問題。」

我積極地回覆，吉澤先生遞給我一張名片，要我早上十點到他公司。說完人就走了。

全身細胞都在騷動，好想朝全世界大聲吶喊。

怎麼樣！看見沒！

就算沒有阿朔，我一個人也會成名給你們看！

我會比阿朔更成功。

回程的電車上，難耐興奮地在Twitter上發表貼文。

「久違的現場演出太棒了，之後又發生了更更更棒的事。人生就是會在意想不到的地方急轉彎呢。扳回一城的機會降臨，敬請期待本本重太郎接下來的表現！」

不管怎麼說，那可是「爆機」啊。

我將會如吉澤先生所說的一舉成名，工作接二連三找上門……

那天晚上，直到鑽進被窩都還興奮得睡不著，躺在床上不斷翻身。為了確認時間，在黑暗的房間裡打開手機，順便看了一下 Twitter。

這天的貼文，夜風沒有按讚。

兩天後，我造訪吉澤先生的公司。

公司位在一棟破舊的住辦混合大樓裡，一開始還以為找錯地方了。可是，地址和大樓名稱都沒錯。

五層樓的建築沒有電梯，我爬樓梯上三樓，有個戴棒球帽的大叔已經在那裡了。

是業界的人嗎？

我朝對方點頭致意，大叔像沒發現，兀自下樓了。

吉澤先生走出來，對我輕輕揮手。

「喔，來了來了……呃、抱歉，怎麼稱呼你？」

我對搔著太陽穴苦笑的吉澤先生說：

「我姓本田，叫我本本就可以了。」

「本本是嗎？那麼，總之先幫我把堆在那裡的紙箱搬下樓好嗎？」

「……紙箱……嗎？」

房間靠角落的地方，亂七八糟地疊放了大小不一的紙箱。書桌上也有許多散亂的文件與檔案夾。

「其實，我要把公司收掉了。」

「咦！」

「明天這裡就要退租，偏偏我到處忙著打招呼，沒時間整理。現在這間公司幾乎等於是我一個人在打理，今天本本能來，真是幫了我大忙。」

這……這是整人節目嗎？

故意惡整沒有名氣的搞笑藝人，看他有什麼反應。

沒錯，一定是這樣的。希望是這樣。

這樣的話，我該做出什麼反應才好呢？

愣愣地想著這些，我只能「喔」一聲，做出傻氣的回應。

照吉澤先生的吩咐去搬那些咖啡色紙箱，發現紙箱頗有重量。於是，我用手心壓住角落使其保持穩定，再用中指和無名指牢牢捧住紙箱，往樓梯走去。

「怎麼？你好像很習慣搬東西？」

吉澤先生顯得有些意外。

「因為我是專業的。」

專業的送貨員。

下樓之後，剛才那個戴棒球帽的大叔站在不遠處對我招手。路邊停著一輛小貨車，貨廂裡已經放著看似要載去丟的櫃子和小冰箱。

原來他不是業界的人，是搬家業者。我感到一陣虛脫。

搬完紙箱後，小貨車開走了，吉澤先生又要我做垃圾分類。把垃圾分成可燃垃圾、塑膠垃圾和瓶罐類，再用繩子綁好一疊一疊的舊雜誌。

「怎麼說呢，垃圾就算要丟也很麻煩呢。」

吉澤先生一邊整理文件，一邊恨恨地說。

這句話是在諷刺被阿朔和經紀公司拋棄的我嗎？我的心已經扭曲到會做出這種解釋了。

那件事呢？那件事後來談得怎麼樣？

繼續動手做事，心情卻鬱悶不安。就這狀況看來，我也知道一定不會是整人節目了。

垃圾大致上分類完，地板也掃乾淨後，吉澤先生說「可以了喔」。時間是下午兩點，我連午餐都還沒吃。

「剩下的只有我自己知道怎麼弄，我自己來吧。謝謝，辛苦了。」

說著，吉澤先生給了我罐裝咖啡。

從原本滾落桌上的幾罐裡拿起的這一罐，就是我今天「工作」的酬勞。

我小心翼翼地問：

「……請問，上次說要把我介紹給爆隣製作人那件事……」

吉澤先生瞪大雙眼，笑著大喊「欸欸？」。

「不會吧，你誤會了什麼？我只不過是問『你會想試試嗎？』，那當然是客套話啊。」

我強忍想哭的心情，不放棄地追問：

「可是，您不是鼓勵我說，這份工作充滿夢想，默默無聞的傢伙也能一舉成名嗎？」

「這是當然的啊，只要有實力和運氣。」

……實力和運氣嗎？

他的意思就像在說，你本本重太郎兩樣都沒有。

我忍住淚水，吉澤先生又丟下一句：

「為觀眾帶來歡笑的工作真的很難。」

皺巴巴的襯衫領子都髒了。

吉澤先生也是為了替觀眾帶來歡笑，才經營了這麼一間公司的吧。眼睜睜看著身旁朋友功成名就，明知自己不好笑仍繼續掙扎。

我握緊罐裝咖啡，對吉澤先生深深低頭鞠躬，走出房間。

隔週星期六，我搭上往青森的新幹線。

我果然還是不行，完全不行。

從最早的一開始就不行了。

不過是在大學校慶上稍微逗笑觀眾就得意忘形，放棄到手的錄取內定，執意進入培育所。從那時起，我已經站上了不行的起點。

這次的事也完全一樣。明明平常是那麼懦弱沒自信，只要事情稍微順利一點，馬上洋洋得意起來。還以為遇到了吉澤先生這個貴人，自己一定能當上爆哦的固定班底呢。這行哪有這麼簡單，這道理我不是早就再清楚也不過了嗎？愚蠢到了極點，真想找個地方躲起來。

或許乾脆放手的時候到了。

參加三葉宅配轉正職員工的社內招考，讓往後日子過得穩定一點吧。或許這樣也好，不再追求自己配不上的夢想，不用受焦慮折磨也不怕受傷害。揮汗工作，放假日就喝喝啤酒。這樣的生活肯定幸福多了。

還是說，乾脆回青森吧。

看在父母眼中，夢想破滅回鄉的兒子或許會成為鄰居的笑柄……不、終於能逗笑什麼人了，這不是挺好的嗎？

「一點也不好。」

我小聲吐槽自己。

取出手機，打開Twitter。那之後，我一次都沒發過貼文。

看著自己最後一則貼文的內容。

「久違的現場演出太棒了，之後又發生了更更更棒的事。人生就是會在意想不到的地方急轉彎呢。扳回一城的機會降臨，敬請期待本本重太郎接下來的表現！」

扳回一城的機會。

重讀當時一股腦打下的貼文內容，這才留意到自己打了這句話。

我是不是想從阿朔手上扳回一城呢？

原來這種事情竟然成了我的原動力嗎？

還是說，我針對的不是阿朔，是這個不合理的世界？

我錯了。

那天我該發的貼文是「今天真的非常感謝所有到場的觀眾」才對。

我刪除那則貼文，把手機收進褲袋，閉起眼睛。

回想站上舞台時高昂的情緒，以及那種與觀眾合為一體的感覺。想起觀眾們臉上的表情和抖動的肩膀，一股甘美的感受在體內流竄。

是啊，阿朔。

所謂娛樂，真的就是這麼回事呢。提供的人和接收的人一起開心，這就是娛樂。

我果然還是非常喜歡搞笑……

坐在帶我回故鄉的新幹線上，彷彿躺在搖籃裡。

傍晚，在家人常去的日本料理店聚餐，幫爸爸祝壽。

不知道是惠里佳事前有好好提醒過，還是大家已經講好了，真的誰都沒有追問我在東京做什麼。不過，大家本來就不是會主動提這些事的人。

只是，在回家的車上，父親喃喃地說「重太郎體格變壯了呢」。

這是因為我做了宅配的工作。不過，或許在父母的想像中，我在東京過著貧困的日子，人也消瘦憔悴了吧。

「只要重太郎身體健康就好。」

聽到父親悠悠地這麼說，我差點哭出來，什麼話也無法回應。一旁的母親只是微笑。

不回來沒關係，回來也很好喔。從父母身上，我感受到這樣的訊息。對我而言，這是比什麼都強力的支持。

一回到家，母親就揉著眼睛說她睏了。

鄉下人起得早，睡得也早。還不到九點，父母就回房間睡覺了。

惠里佳已經回自己家，客廳只剩我一個人看電視。久違地看到當地電視台廣告，正笑出來時，電話響了起來。

是阿哲。

我不假思索接起電話。

「阿哲！」

「喔，本本！好久不見啦。」

阿哲的聲音跟以前一樣，一點都沒變。

「我聽惠里佳說你回來了，會不會太見外啦，怎麼不跟我聯絡一下。」

原以為阿哲想跟我保持距離，沒想到還能像這樣一如往常的聊天，真的好高興。

阿哲說五衛門很好，還說他最近買了新車。我們小聊了一下後，他約我「現在可以出來嗎？要不要去喝一杯？」。

我和阿哲在車站前的居酒屋乾杯。

阿哲還在當國中老師，他說自己最近成為壘球隊的指導老師。那張曬得黝黑的笑臉，給人健康有活力的感覺。

吃著下酒小菜，我們聊了各式各樣的話題。話題主要圍繞我在東京的生活打轉。像是跟搭檔拆夥的事、離開經紀公司的事，還有在宅配公司當送貨司機的事。

「別說幫人簽名了，我現在都是請客人幫我簽名，簽在收據上。」

這句話讓阿哲笑得前仰後合，我感到安心。要是阿哲表現出同情或忽視我的態度，恐怕就無法敞開真心說話了。

喝了大概兩小時，我們才離開。

走到店外，看見早已從滿月變成弦月的月亮，散發柔和光芒。和大器的滿月不同，弦月有著另一種清雅的美。

我站在原地，抬頭仰望月光。

「……月亮一定不知道自己散發這樣的光芒吧？真想告訴他……」

阿哲露出有點傻眼的表情，朝我身上擠過來。

「身為你的前搭檔，請容我在此吐個槽。」

「咦？」

「本本，你剛才說的是自己吧！」

我忍不住朝阿哲轉頭，阿哲又慢條斯理地說：

「就我看來，你也是閃閃發光的喔。只是本本你自己沒發現而已。」

「我？」

「嗯。或許本本覺得自己完全不行吧，但是身為朋友，我為你感到驕傲。一個人離開家鄉前往東京，不靠任何人幫助養活自己，還繼續追求著夢想。本本，你真的很棒。」

「可是……可是，我的夢想並沒有實現啊。」

「沒實現就不行嗎？光是擁有夢想就能令人發光了吧？」

表岩屑。

啊、是啊。原來我都想錯了。

表岩屑不是為了讓自己看上去體面而化的妝，那是月亮原本就「具備」的東西。

突然恍然大悟了這件事，我情不自禁嘆了口氣。

如果不是那些刻意安排的表面工夫，而是離開青森時便已帶在身上的心情使我閃閃發光的話……

我果然還是……不、我想要再次挑戰成為搞笑藝人。

臨別之際，阿哲感慨地說：

「因為我一直很掛心，今天能這麼聊聊真是太好了。謝啦。」

這句話我想原原本本還給他。

彼此揮手道別後，我想起阿朔的語音留言。他也說過一樣的話，「一直很掛心。」

那一定是因為，在阿朔放棄搞笑的時候，我沒有好好把內心話告訴他的緣故。那時的我，只說了短短一句「知道了」。

事實上，我想對阿朔說的話還有很多。早知道應該把心情都發洩出來才對。

他一定很想聽我說出口。

為何啊，為何輕易拋下我。

開什麼玩笑，你太自私了吧。

居然背叛了我，你就只想到你自己。

說要一起搭檔的人不是阿朔你嗎？

我一直都很開心，真的很高興認識你。
要是沒有遇到阿朔，我說不定沒法在培育所待下去。
是身旁的阿朔教會了我，我才打從心底覺得搞笑真的很棒。
沒錯，都是拜阿朔之賜。
所以……現在一定能說出口了。我的真心話。
加油啊，阿朔。我支持你，我自己也會努力。
伸手拿起手機，按下通話鍵。

「從竹林中為您播送，我是竹取翁，不知道輝夜姬過得好嗎？」

在自己房間裡，把窗戶打開來聽《一千零一月》。九月中的夜晚，紗窗外已傳來秋天的氣息。

傍晚打電話去「報名演出」的活動公司申請下次演出時，工作人員這麼對我說：

「上次有觀眾在問『本本重太郎』下次什麼時候上台喔。說雖然是第一次看，但覺得你很有趣。」

這句讓我開心得飛上天的話，應該不是整人節目，也不是我得意忘形的誤會。

我默默咀嚼著以現在自己的實力所能獲得的喜悅。

「對了，今晚是新月之夜喔。」

竹取翁以輕快的語氣這麼說。

「從上古時代起，人們相信向新月許願，願望會更容易實現，這樣的想法也一直延續到了現代。很不可思議呢，新月明明看不見，人們卻對著看不見新月的天空許願。」

是啊，新月是看不見的。

明明是早就知道的事，一旦被說了之後才感到驚訝。這樣的事很多。

「這近乎咒術般的行為，要說迷信也只能說是迷信了。只是，我倒覺得那又何妨呢。正如字面所示，新月就是新的月亮，新月這天是一個從頭開始的日子。其實可以想想新年的初次參拜，這麼一想就覺得很合理了。神明也和新月一樣，是看不見形體的存在呀。」

確實如他所說。

儘管看不見，人們仍會在緊要關頭拜神許願，在遇事不順時埋怨神明沒有保佑。這或許表示，即使看不見，我們仍感受得到神明存在任何地方……

「只是……比起『許願』，我認為向月亮『祈求』的說法或許更為貼切。願望是能靠自己積極行動，想辦法實現的事。可是，面對自己也無能為力的事，就只能默默祈求順利了。」

說到這裡，竹取翁的聲音變得低沉。

「世界上真的有太多自己無能為力的事……總覺得月亮在天上大大地守護著這樣的我們。」

我推開紗窗。

遙想漆黑夜空另一端，應該存在那裡的新月。

對看不見的新月許願。

之後，再傳送祈念。

傳送給始終在那裡，永恆不變的偉大存在。

為了實現願望，我會去做所有自己做得到的事。
所以，請守護我吧。守護脆弱、愚蠢，只知拚命的我們。

聽完Podcast後，我拿起手機，打開Twitter。
久違地打字上傳。
「我找到不會被鞋子磨破皮的方法了。那就是不穿鞋。這條荊棘之路既然是自己選的，乾脆無所畏懼地赤足前行吧！」
赤裸的腳或許會冷，雖然不會被鞋子磨破皮，但也可能受別種傷。
只要腳踏實地往前走，慢慢地，一點小石子說不定就不算什麼了，我將擁有一雙更強壯的腳。

順著時間軸往下滑，過了一會兒，畫面上跳出藍色Vespa的大頭貼。
看不見形體的夜風，為我按了讚。

三章

太陽公公

我一氣急敗壞大喊「搞錯順序了吧」，就被指摘「現在已經不是那種時代了」。

「這是好事啊，我們怎麼能不開心呢。」

圍著客廳的茶几，坐在我身邊的妻子千代子笑著輕輕瞪了我一眼。

坐在我們對面的，是獨生女亞彌和一個陌生男人。

正確來說，不認識他的只有我。亞彌好像平常就會跟千代子分享各種事，我不在家的晚上，這男人送亞彌回家時，千代子也已經和他打過照面了。聽到這個，內心實在很不是滋味。

亞彌才二十四歲，剛出社會兩年而已。

聽到她交往中的男人要來家裡打招呼，我說自己沒必要見對方，千代子就笑我說：「說亞彌交了男友要帶來家裡好好介紹給父母的，不是你自己嗎？」

好久以前我喝了點酒，一時激動就說了那種話，自己根本不太記得。追根究柢，那也不是我的真心話。

強忍逃出家門的衝動，穿上千代子準備的全新馬球衫，迎接亞彌男友的到來。六月天氣悶熱，還下著小雨。

出現在家裡的，是個白淨瘦弱，看上去一點都不可靠的眼鏡男。

「初次見面，您好，我叫內川信彥。」

就是這傢伙嗎。這傢伙把亞彌……

或許是緊張的關係，站在亞彌身邊的內川信彥笑得很僵。

亞彌說內川是自己大學同班同學，畢業後在福岡工作。亞彌和我們住在東京的家裡，所以兩人是遠距離戀愛。

總有一天，這傢伙跑來說「請允許我和亞彌小姐結婚」的日子也會來臨吧。到時候我一定要好好刁難他，就像《竹取物語》裡輝夜姬那樣提出各種難題。

只來拜託一次兩次我是不會答應的。也不會打從心底祝福。稍微被反對就亂了陣腳的男人絕對不行。等到兩人經歷一番波折，終於贏得我的認可時，我才會用感慨的語氣說「可以把亞彌放心交給你了」。在那之前一直低調站在我身後的千代子，則會露出溫和的微笑，對兩人說「恭喜」。於是，這男人朝我深深低下頭，亞彌流下一絲淚水……

「爸，我要結婚了。」

我差點噴出嘴裡的茶。

亞彌雙眼直視我，說得斬釘截鐵。

結婚？

而且還不是由男人開口，讓妳自己來說？

不只如此，聽這句「我要結婚了」的語氣，亞彌根本不是請求我的許可，只是來報告已經決定要做的事吧。

見我驚訝得說不出話，亞彌繼續乘勝追擊：

「我要跟信彥結婚，搬去福岡。」

我完全慌了手腳。

「何、何必這麼急，妳才剛出社會工作啊。」

亞彌用平坦的語氣說：

「我懷孕了。」

啥、啥？

千代子瞬間綻放笑容，雙手合掌。

「哎呀，太好了，恭喜！」

所以我忍不住大喊。

搞錯順序了吧？從頭到尾都搞錯了。

結束一天的工作，我走路回家，筋疲力盡，腳步沉重。

我在東京近郊經營一間機車維修工廠。工廠以自己的姓氏命名為「高羽車庫」。

所有維修工作都由我自己來，千代子負責會計和保險手續之類的行政工作。偶爾也會請外面的技師來幫忙，基本上只靠我和千代子兩人撐起這間工廠。

我原本在汽車維修廠工作，四十歲那年獨自創業。我一直想開一間專做兩輪維修，屬於自己的工廠。原因無他，只因我特別喜歡兩輪機車。

起初工廠經營不易，給千代子增加很多負擔。但是，慢慢地培養出一群常客，家境也日漸改善。六年前，我在五十歲這個人生的分水嶺買下中古公寓裡屋況不錯的一戶，全家搬離居住多年的國宅社區。那時亞彌還在念高中。

其實我覺得繼續住國宅也沒什麼不好，可是亞彌很羨慕那些住公寓的朋友。為了讓亞彌開心，我努力買了房。雖然她一天到晚跟我吵架，如果這間新房子能討她歡心，或許她就不會太早離家了。我打的是這個主意。

雖然不知道我的企圖有沒有成功，總之亞彌高中畢業後，進了一所從家裡搭電車只要一小時的大學，學生時代也繼續住在這個家。
畢業後，她找到東京都內的工作，從家裡通勤……就在我以為女兒暫時還會住在這個家裡一段時間時，她卻說「要結婚了」。
而且還是嫁到福岡去，太遠了吧。
聽說信彥在知名電器廠商當系統工程師，原本希望能在關東分公司上班，最後還是進了福岡的總公司。亞彌或許早就做好嫁到福岡去的心理準備了吧，只是沒想到會這麼快。
他們來報告要結婚是六月的事，當時已經懷孕四個月。亞彌說，登記之後，等五個月的安定期一過，打算七月就搬去福岡。因為怕肚子太大搬家會很麻煩，這個時間點剛剛好。
更讓我大受打擊的，是她堅持「不辦婚禮」。
怎麼這樣……怎麼會這樣……
以新娘父親身分挽著亞彌的手走紅毯是我的夢想。
一切希望都被打碎了。我也不是說她這輩子都不能嫁人，可是總得讓我做好心理準備吧。

至少按照我預設的步驟一步一步來，這樣我才能夠接受這些事。

提著從便利商店買的便當，落寞地走進公寓大門。

千代子兩星期前去福岡了。按照原本的預定計畫，千代子本該在亞彌預產期的十一月過去，住在那邊照顧亞彌和嬰兒一個月左右。可是進入十月後，亞彌一下貧血，一下說肚子太大行動不便，千代子就提早過去了。

信彥的父母住在千葉。登記結婚時，兩家六人見面聚餐過一次，後來就沒再見過他們。原本我以為見面時氣氛會有點劍拔弩張，沒想到信彥的雙親都是隨性的人，在溫暖的氣氛中說著「可喜可賀」。千代子很高興，跟我說「對方父母都是好人嘛」，我總覺得有點錯愕。好像只有我一個人在不爽，只有我自己像個壞人似的。

唉，事情就是無法稱心如意，難道是我的問題嗎？

把卡片鎖放在公寓入口的感應器上，顯示有宅配包裹的紅燈亮了起來。

這棟公寓的優點之一，就是設有宅配專屬寄物櫃。即使人不在家，送貨員也可以把包裹放進寄物櫃。

千代子去福岡後，在她的建議下，我開始上網訂購日常用品。千代子從以前就常在一個叫「生活貨架」的購物網站買東西。就算只買一支原子筆，隔天也會免費配送。文具、書、洗潔精、肥皂、襪子，甚至連藥品都有賣，方便得教人難以置信。現在我也不時會從上面購物了。

工廠離家走路二十分鐘左右，偏偏跟商店眾多的車站附近方向相反。從家裡到工廠的路上，除了一間便利商店，其他什麼店都沒有。總不能把食物放在寄物櫃裡，吃的東西只好都從便利商店買。除此之外，其他東西上網都能買到。

雖然也可以配送到工廠，但工作到一半時收貨挺麻煩的，有時為了處理緊急事項，我也可能外出不在。再說，那樣的話，還得自己把衛生紙或洗髮精之類的東西再從工廠搬回家，多此一舉。

把卡片鎖放在寄物櫃旁牆上的四方形接收器上，隨著「您的包裹已送達」的語音，液晶螢幕上顯示出寄物櫃的號碼。

按下螢幕上的「確認」，寄物櫃門打了開。昨天訂了泡澡劑和雜誌，我抱著裝有這些東西的小紙箱走進大樓，接著去看信箱。

抽出信箱裡的晚報，裡面夾著無用的廣告傳單和推銷信，另外還有一張細細長長的紙。這是三葉宅配的到訪無人聯絡單，上面勾選了「已將包裹放入寄物櫃」的選項，並標註寄物櫃號碼。

單子下方貼有「送達通知」的貼紙，上面記載了包括幾點幾分在內的送達日期、時間和送貨單號，最下面是配送員的名字。

本田。

每次都是這個名字。這位姓本田的配送員大概負責這一區的配送。

一般來說，我不太會留意配送員的名字，但卻對他印象深刻。或許因為這個姓氏總讓我聯想到本田機車吧。

我把那張薄薄的紙揉成一團放進褲袋，回到只有自己一個人的家中。屋內亂到極點，堆滿灰塵、垃圾和待洗衣物。我這才驚訝地發現，要是自己不動手，那些東西永遠不可能整理乾淨，只有髒東西的數量愈來愈龐大而已。沒拆掉的紙箱到處都是，今晚的我也得睡在這個紙箱小宇宙裡。

工廠主要的工作是維修和塗裝。

除了預防事故發生的定期查驗外，也會有人牽著突然故障發不動的車子來修。乍看之下往往看不出原因，我必須和機車一對一，思考、推理，徹底找出究竟是哪裡出了問題……沒有什麼比找到原因時更令我開心了。奄奄一息的機車在我手中重獲新生，發動引擎的瞬間，總能感受到一股難以言喻的幸福。

今天也從一大早就開始修理一輛機車。結束後，下午正在換機油時，聽見有車開進工廠外的停車場。

停下手邊工作出去一看，停在那裡的是客戶機車行的小貨車。漆著大大「陽光機車行」字樣的車門打開，走下一個男人。

「午安！」

是熟面孔的店員。因為他的姓氏「朔之崎」發音有點長，我都叫他「阿朔」。

「昨天通電話時跟您提過的鈑金修理，麻煩了！」

小貨車上載著一輛車身凹陷的輕型機車。阿朔手腳俐落地拿出卸貨用的斜坡板來安裝，然後將機車推下來。別看他外型高瘦，捲起袖子後，出乎意料地露出結實的肌肉。

這男人無論何時見到都令人感覺爽快。他說自己三十歲，但外表看上去更年輕。口齒清晰，聲音宏亮，這點也很棒。

……要是能有這種女婿多好。

不知這麼幻想過幾次了，今天再次冒出這個念頭。

信彥是個沉默寡言的男人，打招呼時我也只記得他講了：「拜託您了，我一定會守護亞彌和孩子。」千代子說：「正因為話少，每句話都感受得到誠意」，我倒不這麼認為。那種軟趴趴的男人，保護得了鋼鐵般堅強的亞彌嗎？

阿朔啊，要是能更早認識你，真想把你跟亞彌湊成一對。

就算當不成女婿，希望至少可以把這間工廠交給他繼承。

可是，這一定也是不可能的事。阿朔說過，在機車行只是打工，他的本業是演員。

阿朔把車牽進工廠內的作業區，用腳架固定後，再次轉向我，精神抖擻地說：

「那就麻煩您了！」

「好唷。」

那端正的五官一微笑，我都忍不住跟著笑開了臉。

正要離開時，阿朔似乎被放在作業區一角的東西吸引了視線。

「啊、是iPad。」

作業區角落放有一張辦公桌，是千代子平常處理事情的地方。

桌上有一部笨重的桌上型電腦。為了檢查電郵，我才剛開機。這部電腦買來已經七年了吧。雖然我覺得有電腦就足夠，最近千代子又添購了一部平板電腦，說是向客戶說明保險時很方便。

這陣子千代子不在，這些行政工作我就非做不可。不是自豪，對到現在還在用舊式折疊手機的我而言，平板電腦根本派不上任何用場。儘管千代子已經給了我開機密碼，但還來不及教我怎麼操作，她就動身去福岡了。所以，現在處理文書工作時，還是跟以前一樣使用桌上型電腦。

在這個舉目所見一切都老舊過時的地方，全新的 iPad 一定顯眼到了不自然的地步吧。阿朔的語氣聽起來也有點意外。

「喔，那是千代子買的，我完全搞不懂。」

「沒那麼難喔。還有，那台電腦是不是發出奇怪的聲音啊？或許該換新的了。」

的確如阿朔所說，這陣子桌上型電腦老是嘰嘰叫。大概太舊了吧，操作時的反應也有點遲緩。不過，用起來倒是不覺得有什麼問題。

「沒關係，反正還能用。」

「平板電腦隨時都能打開，到哪都能帶著，各方面都滿方便的喔。一邊工作一邊用它聽音樂也很不錯吧？」

「音樂？我沒看到放CD的地方啊？」

「上網或下載應用程式，有各種免費聽音樂的方法。」

「是喔！」

我拿起iPad，打開電源。

阿朔說得沒錯，和電腦比起來，平板電腦一下就開機了，這點挺不錯的。只想使用一下的時候，也不會提不起勁。

打上開機密碼，螢幕中出現了各種圖示。阿朔從已經下載好的應用程式裡找了幾個馬上可用的向我說明。

網路、相機、地圖、影片。連放大鏡都有，真驚人。這東西確實方便。

「這是什麼？」

我指著其中一個圖示問。那是個像好幾重圓圈圍著一根棒子的圖示。

我覺得像是某種工具。圓圓的頭加上把柄，跟鎖螺絲用的套筒扳手有點像。

「喔，這個是Podcast。」

阿朔按下那個像套筒扳手的圖示，畫面上便出現了好幾個四方形的圖像。有的是明星或搞笑藝人的照片，旁邊還附上文字說明。

「大家都各自錄製自己喜歡的話題上傳，就像廣播節目那樣。」

「是喔，現在的藝人還要做這麼多事啊，真忙。」

我探頭過去看，阿朔說：

「不、明星藝人大多都是最近才踏入Podcast這塊的喔。原本的Podcast感覺比較非主流，都是些不知道誰的傢伙自己在那邊碎碎唸。」

阿朔輕鬆地操作了一會兒，把螢幕朝向我說：「例如這個。」

《一千零一月》。

深藍色正方形的圖案上，有著白色的手寫字體。下面的名字是「竹取翁」。

阿朔按下播放鍵。

「從竹林中為您播送，我是竹取翁，不知道輝夜姬過得好嗎？」

原來如此，是竹取物語裡那個老翁的意思啊。「十月已過了一半，天氣也變得舒適許多呢。」一個順耳的男人聲音流瀉而出。

「對了，我上次查了一下才知道，假設月亮跟棒球……」

竹取翁說到這裡，阿朔又按下停止播放鍵。

「總之，大概就像這樣。」

阿朔把 iPad 交到我手上，像是準備離開了。雖然我還想跟他多聊聊，但人家還在上班，也沒那麼閒吧。

一起走到工廠門口，打開停在外面的小貨車車門，阿朔朝副駕駛伸手。

「……那個，不嫌棄的話，這給您。昨天剛印好的。」

阿朔有點害羞地將一張紙遞給我。

是阿朔隸屬的劇團公演傳單。

「十二月的舞台，將由我擔任主角。要是您時間上方便，歡迎來欣賞。」

「哇，很厲害耶！」

荷魯斯劇團。我記得這是阿朔隸屬的劇團名稱。劇團名旁邊畫了一個鳥頭人身的插畫。

「這個荷魯斯是什麼意思？」

聽我這麼一問，阿朔像是有點驕傲似的回答：

「太陽神。古埃及的男神。」

笑得露出潔白的牙齒，阿朔鑽上車。

我拿著那張傳單，目送阿朔離開。

阿朔回去之後，我一個人試著摸弄起iPad。

對剛才那個叫什麼Podcast的東西很好奇，因為正好停在「棒球」這個詞上。

我這人沒什麼了不起的嗜好，唯獨喜歡看棒球賽。支持的球隊是養樂多燕子隊。買得到票的話，千代子會陪我去看，亞彌則對棒球沒有半點興趣，從來沒跟我去過。

月亮跟棒球……後面又說了什麼？

點下Podcast的圖示，在「搜尋」欄位裡輸入「竹取翁」看看。

結果，那個深藍色的圖示第一個就跳了出來。點下圖示，畫面上出現過去上傳的節目一覽。

竹取翁似乎每天早上都會上傳十分鐘的內容。按下最上面的播放鍵，和剛才一樣，渾厚嗓音再次流瀉而出。

「從竹林中為您播送，我是竹取翁，不知道輝夜姬過得好嗎？」

我拿著 iPad 走回辦公區，放在桌子上。自己也在椅子上坐下來。專注傾聽 Podcast 內容，很快就找到那一段了。

「對了，我上次查了一下才知道，假設月亮跟棒球一樣大，那地球就差不多跟籃球一樣大。」

哇，這樣啊。原來他在講的是這種事。

「那麼，太陽呢？我們知道太陽的直徑是地球的一百零九倍，所以呢——大小大概就相當於球形的瓦斯儲氣槽吧。儲氣槽也有各種大小，這裡說的是差不多直徑二十公尺的瓦斯槽。」

竹取翁認真思索的樣子聽起來很努力，我忍不住莞爾。

棒球啊。

我一直想嘗試「和兒子玩傳接球」。千代子懷孕時，腦中經常浮現這樣的想像。

不至於要求他加入棒球隊，只要星期天傍晚父子兩人能有這麼一段共處的時光就很好了。現在偶爾也還會在腦中描繪這樣的景象。

要是說生下女兒時感到失望，或許會被罵。當然，亞彌也是我的寶貝女兒，這絕對不是騙人的。不過，對我而言，和兒子玩傳接球就像個夢幻的想像。

竹取翁繼續說：

「可是，月亮和太陽的大小明明差這麼多，為何從地球上看過去，兩者卻感覺差不多大呢？這是因為，太陽雖然有月球的四百倍大，距離地球碰巧也是月球四百倍遠的關係。」

原來如此。學到新知識了。把這記起來，以後跟人聊天就多了一個話題。

我拿起原子筆，用桌上的便條紙抄筆記。

「或許因為這樣，古時候的人們總是把太陽和月亮視為一對，各自賦予其存在意義。自古以來就有太陽象徵父親，月亮象徵母親的思考模式。在世界上大多數國家的信仰中，太陽神是男神，月神則是女性。這點也很有意思。」

太陽神荷魯斯。剛才阿朔好像也說過，這是一位男神。

太陽象徵父親……

我好歹也是個父親啊。只是身為父親的自己實在太渺小，感覺有點丟臉。

節目結束，我起身關掉 Podcast。

回到家，公寓宅配寄物櫃裡已經有包裹了。是昨天在「生活貨架」上訂購的藥膏貼布和順便買的提神飲料。工作上經常需要鎖緊或旋鬆摩托車身上的螺絲，因為太埋頭苦幹了，一不小心得了腱鞘炎。平常或許因為有千代子在，還會適時提醒我起來休息一下。自己一個人工作得太投入，把時間都拋到腦後。

信箱裡有晚報和到訪無人聯絡單。送貨員的名字是一如往常的「本田」。回到屋裡，一邊吃便利商店買的海苔便當，一邊攤開晚報。一個人的時間增加之後，我開始花很多時間慢慢讀報。

起初本來都在看電視，後來發現不管自己嘀咕什麼，都少了千代子在一旁答腔。螢幕裡的吵雜噪音，反而讓我心情愈來愈空虛。

報紙上的活字就不同了，只是淡淡傳遞世界上正在發生的大小事。吃著海苔上不知來自哪國的炸魚，我也淡淡翻開薄薄的報紙。

這時，藝文專訪的版面吸引了我的視線。因為上面寫著「劇團荷魯斯」。專訪對象是一個露出溫和笑容，名叫神城龍的男人。

我放下免洗筷，從公事包裡翻出阿朔給的那張公演傳單，在上面找到神城龍的名字和照片。傳單上的他化了正式的舞台妝，眼神直視鏡頭，報上的他則素著一張臉，視線也望向其他地方，看上去比較自然，穿的是有領子的襯衫，表情也溫柔多了。

阿朔好厲害啊，不但要演主角了，隸屬的劇團團長還是能接受報紙專訪的人物。

神城龍今年五十二歲。和我只差四歲，他看上去卻那麼年輕，就連身為男人的我都覺得很有魅力。

專訪內容提及劇團、戲劇以及離婚後和高中生兒子一起生活的事。

父與子，兩人一起生活，不知道會是什麼樣的呢？

若要我一個人獨自撫養青春期的亞彌，我一定辦不到。

不、或許因為神城先生生的是兒子，和我不一樣。

「我自己也會寫劇本，但是現實經常無法按照劇本發展呢。人與人之間也是，有時為了互相理解，反而必須分開。無論多愛對方都一樣。」

……好帥氣。

藝術家說的話，和普通人果然不同。

但是話說回來，都已經這麼有才華了，現實仍然無法隨心所欲嗎？

「無論多愛對方都一樣。」

總覺得神城這句話的意思，指的是他還愛著分手的妻子。分離是為了互相理解嗎？

「真要說的話，演戲也會發生預期以外的事。像是演員突然即興發揮，說出劇本上沒有的台詞等等。可是，有時這反而帶來更好的效果，雖然身為編劇的我有點不甘心就是了（笑）。」

我半張著嘴巴讀著專訪時，手機響了。是千代子打來的。

「啊——喂？現在可以講話嗎？」

「可啊。」

「那個啦，我忘記跟你講，後天瓦斯管線做例行檢查，業者來的時候，家裡要有人在才行。到時你三點回家一趟好嗎？檢查大概十分鐘左右就完成了，我怕你忘記，想說打個電話講一聲。」

以前這些事情我全都丟給千代子處理。

她又很快地繼續說：

「對了，還有，我定期訂購的化妝品也差不多要送到了，不好意思，要麻煩你幫我從寄物櫃拿回家喔。」

我說「知道了」，隨即換個話題：

「……亞彌呢？」

「喔、她去洗澡了。」

為什麼偏偏要在這種時候打給我啊。就不能趁亞彌也在時打，然後裝作順便的樣子把電話拿給她嗎？還是，其實是亞彌自己故意跑掉的，為了避免跟我講電話？

我也想跟亞彌說話啊。可是，叫我主動我做不到，亞彌也連一次都沒打給我過。

「噯、我跟你說，今天信彥買了同款不同色的針織衫給我跟亞彌喔，信彥很有品味呢。」

啊？是喔。我才不想聽你們在那扮什麼感情好的家家酒。內心如此嘀咕，嘴上當然說不出口，只能回答「是喔」。感覺自己被排擠，語氣也變得冷淡。

然而，千代子像是並不介意，又繼續說了下去。

「亞彌說終於到穿長袖的季節，總算輕鬆多了。夏天就算再熱，她好像也不想在外面穿短袖。」

「嗯？為什麼？」

「懷孕後體毛變粗了，女孩子都很在意這種事的吧。但沒辦法，這是孕期荷爾蒙改變造成的，我當年也是啊。」

「體毛？這又不是什麼大事。」

我傻眼地這麼一說，千代子就有點不高興了：

「欸？那孩子從以前就很在意這件事喔。好像是她小學三年級的時候吧？因為亞彌手臂上的毛有點粗，你就說她『像熊一樣』，還把她惹哭了不是嗎。這件事，她好像記恨到現在喔。」

「都那麼久以前的事了，我看她不但毛粗，個性還很固執喔。」

「真是的，你就是這種地方神經太大條了啦。」

千代子一邊說，一邊咯咯笑起來。

「那亞彌最近狀況如何？肚子裡的寶寶呢？」

「嗯，寶寶很好喔。孩子出生前，他們刻意不先問性別。不過，聽亞彌說寶寶踢肚子踢得很用力，很有活力，說不定是男孩。」

……亞彌真的什麼都會跟千代子說呢。

我想起亞彌離家那天的事。

從一大早開始，千代子就不斷叮嚀亞彌各種事，我找不到機會跟她說話。

把正在準備送亞彌去機場的千代子丟在一邊，我說「臨時有工作」就出門去工廠了。所以，反倒變成亞彌來玄關送我出門。

「好好照顧自己喔。」

勉強擠出這句話，拚命忍耐才沒有哭出來。

亞彌只小聲回了「嗯」就把頭轉開。

沒能跟她一起走紅毯的我，說不出什麼貼心的餞別贈詞，亞彌也看都不看我的眼睛。出了門，我一個人踏上柏油路，地上甚至還有垃圾。

對孩子而言，父親就像太陽。就算真是這樣，我一定也是只會曬得人燥熱難耐的那種。亞彌在我面前總是把頭轉開，這就說明了一切。

相較之下，千代子像是月亮，總是陪在亞彌身旁，是亞彌依賴的對象。老實說，我暗自羨慕這樣的千代子。

隔天，花了比較多時間拆解複雜的零件。下午才總算有空午休。入口處的日光燈，有一條燈管閃爍不定，大概快報銷了。把來的路上買的飯糰和寶特瓶烏龍茶放在桌上。因為連自己燒水泡茶都嫌麻煩，這段時間幾乎都喝寶特瓶裝飲料。

嚼著鮭魚腹肉飯糰，想起上次聽的那個，想再來聽聽看。打開iPad，點開Podcast。

《一千零一月》，就是這個。最上面的節目顯示今天的日期。

「從竹林中為您播送，我是竹取翁，不知道輝夜姬過得好嗎？」

看一眼節目列表，似乎每天早上七點都會上傳最新一集，還真守紀律。每天都上傳嗎？好厲害啊。

「輝夜姬過得好嗎」那句，好像是固定會說的台呼。我忽然有個疑問，他口中的「輝夜姬」指的是誰呢？既然會問「過得好嗎」，一定表示對方不在身邊吧。

就像我對亞彌，還有現在的千代子一樣，竹取翁是否也正關心著某個分隔兩地的人呢？或者，這單純只是一句噱頭？

「今晚的月亮是新月呢，又看不到我最愛的月娘身影了。可以的話，雖然希望每天晚上月亮都會出現在天上，但我其實也覺得，新月這天的夜晚心情有點輕鬆。這麼想會很奇怪嗎？抬頭想找月亮時，發現被烏雲遮蔽看不見，這樣的夜晚確實很落寞沒錯。可是，換成打從一開始就知道天上不會有月亮的話，就不用抱持不必要的期待了。」

說到這裡，竹取翁停頓了一下。我還以為iPad出了什麼問題，導致節目中斷，抬頭去看時，正好他又接著說：

「說是這樣說啦。畢竟再怎麼喜歡，偶爾也需要喘口氣的日子嘛。」

竹取翁先是這麼半開玩笑，又用輕快的語氣繼續：

「人們常說，新月之日適合種植作物，也是開始新事物的最佳時機。自古以來就有把起點設在新月這天，事情便能進展順利的想法。不過，我自己開始對月亮盈虧感興趣後的感覺是，就算自己不刻意這麼做，也會自然而然形成這樣的發展喔。雖然可能只是一些小事，像是正好在新月這天打開一條新牙膏，或是在家門前遇見第一次看到的貓……之類的。要說是巧合也可能只是巧合，但總覺得這些事都是順著宇宙之流的方向發生的，感覺滿有趣的呢。」

之後，竹取翁又分享了一個「新月之日特別容易釣到魚」的說法，這天的節目就結束了。

聽完之後，我想起阿朔說iPad也能上網的事。

我想上「生活貨架」訂日光燈管，又想起廁所衛生紙也差不多要用完了。照阿朔教的方法打開上網的應用程式，輸入購物網站名稱後，「生活貨架」的網站就出現了。

可是，接下來卻出現當我把iPad拿直操作時，畫面卻擅自打橫的謎樣現象。雖說晃一下iPad就會恢復原狀，可是稍微操作一下又打橫了。不穩定的畫面很難用，這到底是怎麼搞的啊？

結果，我放棄在iPad上訂購，還是一如往常打開電腦。買了燈管和衛生紙，再加個洗手乳吧。電腦又在嘰嘰叫了。

這時，辦公桌上的市內電話響起。

平常接電話的都是千代子，現在我只好無奈地拿起話筒。我討厭接電話。

「這裡是高羽車庫。」

「……啊……我是信彥。」

我不由得「唔」地屏住呼吸。這還是信彥第一次打電話來。

「不好意思突然打擾，其實，我今天來東京出差。」

「欸，這樣啊。」

「那個……現在方便過去您那裡一下嗎？」

手上拿著話筒，我感到有點困惑。

信彥要來這裡？現在？為什麼這麼突然？

過去一下？馬上來馬上走的意思嗎？如果是這樣的話，那我就懂了。

大概是千代子要他過來看看狀況的吧。既然是岳母大人的要求，他也沒辦法拒絕。

「……沒關係啊。」

聽見他輕輕「啊」了一聲。

「那麼，三點左右過去可以嗎？」

「嗯，你知道工廠在哪嗎？」

「是，我用地址查了。」

掛上電話後，我才感到心跳加速。

喝口烏龍茶，讓自己鎮定下來。

不是打我的手機，而是打來工廠，這傢伙還真見外。是說，他本來就是外人啦。

正當我不高興地這麼想，扭上寶特瓶蓋時，赫然察覺一件事。

……不對。

我根本沒把手機號碼告訴過信彥。沒有這種機會。

可是，就算是這樣，「過去一下」是什麼意思啊。真是不討喜的傢伙。

既然要來，就好好騰出一段時間，事前聯絡我啊。這樣的話，我也可以事先安排好，帶他去吃個飯、喝兩杯。

不、等等。我真的想做這種事嗎？就算只吃個一小時飯，兩人獨處時到底該聊什麼好？前後矛盾的我，搞不清楚自己到底想怎樣了。

說到底，或許不管信彥說什麼，我就是看他不順眼。

難道……

他說來東京出差是騙人的，其實有什麼重要的話跟我說嗎？

後來，飯糰吃不下了，也無心繼續工作，只是一直坐立不安，看了好幾次時鐘。

三點整，信彥果真出現了。站在入口處閃爍的日光燈下，朝工廠內探頭。

「……午安。」

聲音有夠小。

和阿朔完全不一樣。進來的時候，就不能更精神抖擻一點嗎？

我隨意回了「喔」，要信彥進來。

一身西裝的信彥一邊東張西望，一邊踏入工廠。

他會不會覺得這間工廠很寒酸啊。

唉，一定會的啦。對任職於知名企業總公司的信彥來說，這間工廠肯定就像紙糊的一樣窮酸。他大概很驚訝吧。

「這個，請您收下。是九州的伴手禮。」

信彥遞上一個小紙袋。

「……喔，不好意思耶。」

往紙袋裡一看，是個裝著黑色液體的小塑膠瓶。瓶身上是以圓圈框起「宮」

字的商標。

「這是福岡的醬油。」

「是……喔。」

醬油。喔，沒什麼不好。醬油是嗎。

可是，說到福岡伴手禮，不是還有其他更具代表性的東西嗎？像是明太子或博多通饅頭之類的。我有點不爽，故意冷淡地說：

「我又不下廚，這醬油要等千代子回來才用得到了。」

「那個……您可以沾生魚片。」

我一邊敷衍地回「也對」，一邊把紙袋放在桌子角落。不經意地瞥見剛才用到一半的 iPad。

對了，信彥不是在當系統工程師嗎？這類機器應該難不倒他吧。

「我問你喔，這東西拿直的看的時候，畫面老是自己打橫，該不會是壞了吧？」

信彥半聲不吭，只是默默拿起 iPad，手指輕輕滑過螢幕右側。

瞬間，螢幕上出現各式各樣的圖示。有飛機，有攝影機，還有手電筒。其中有個長得像鎖頭的圖示，只見信彥點了點這個圖示，顏色變成白色。
「這樣螢幕就鎖定了，不會再改變方向。」
「欸，可是，那如果想拿橫的用怎麼辦？」
「只要再點一下剛才那個圖示解鎖就好。」
聽著他那彷彿只是照著說明書讀的冷淡語氣，我接過iPad。
信彥盯著桌上型電腦，大概很在意發出的雜音吧。
「啊、這個喔，最近一直嘰嘰叫，吵死了。」
「……可以讓我看一下嗎？」
露出像被什麼附身的表情，信彥往電腦前一坐。
無言調查了幾個地方後，他喃喃地說：「硬碟重組應該可行。」不是對我說的，比較像自言自語。
「硬碟重組？」
「我猜應該是因為硬碟容量不夠，電腦才會發出雜音。重組硬碟可將數據整理回正確位置，電腦使用起來就不會不穩定了。我來試試。」
儘管完全聽不懂他在說什麼，第一次看到信彥說這麼多話，感覺還挺新鮮的。

我坐在辦公桌旁的折疊椅上，旁觀信彥修電腦。

只見他敲打了幾下鍵盤，又移動了幾下滑鼠，默默操作了一會兒。接著，幾乎是在他的手離開鍵盤的同時，電腦安靜了下來。

信彥低聲說：「太好了」，嘴角上揚。

「這樣聲音應該就沒了，電腦使用起來也會比原本更順暢才對。」

「喔、謝啦。」

這可真是幫了大忙。

幫了大忙，是嗎……

之後，我們彼此都不知道該說什麼才好，對話中斷了好幾次。

我問信彥「亞彌好嗎」，他只回了「很好」。信彥問我「您工作很忙嗎？」我也只回了「還好啦」。

原本以為他有什麼大事要說，這下看來是不用擔心了。只是，仍不知道今天信彥來的目的是什麼。

對了，棒球。還沒聊過這個話題。

「信彥，好像沒問過你支持哪個棒球隊？」

「我沒特別支持的……」

「啊、是喔。」

結束。

我環顧四周，想再找個話題。這時，桌上的便條紙映入眼簾。

對了，這個。

「我最近才知道，太陽和月亮啊，明明大小差很多，從地球看過去卻像差不多大，你知道為什麼嗎？」

難得我有個新知可以好好教他一番，信彥卻面無表情地說：

「因為月亮和太陽的大小比例，跟兩者與地球之間的距離比例相同吧？」

「……嗯，對啦。」

什麼嘛，頭腦好的傢伙就是無趣。我憤憤不平地繼續：

「太陽的大小是月亮的四百倍，和地球之間的距離，碰巧也是月亮的四百倍。」

「這樣啊，四百倍。」

信彥一臉認真地點頭。

不是這樣的吧。這種時候喊著：「是喔！」做點誇張的反應，不是比較有趣嗎？

「您懂很多天文知識呢。」

信彥似乎努力想把話題接下去，我也勉強找話答腔：

「不、我對天文也不熟啦。只是最近剛好聽過一個很喜歡月亮的人說了這件事。」

信彥推了推眼鏡。

「我從以前就有件事想不通。」

「嗯？」

「我們會把月亮稱為月娘，把太陽稱為太陽公公，可是其他星星就只是星星而已。沒有木星大人或金星先生之類的說法，這是為什麼呢？」

「……這我哪知道啊。」

這男人真教人搞不懂，從以前就想不通的居然是這種事？

「我在想，那或許是因為人類把月亮和太陽神格化了。」

「神格化？」

「就是把太陽和月亮當成神了。其他星星都能歸類在一起，只有太陽和月亮對人類而言，就像擁有特別力量的神明，是偉大的存在。所以我們才會對著太陽或月亮許願吧。」

說到這裡，信彥瞄了一眼手錶。

大概是想回去了吧。我隨便回了一句：

「我就不認為月亮或太陽是神，也沒向它們許過願。說『太陽公公』的時候，比較像帶有一種親近的感覺。與其說是偉大的存在，不如說是近在身邊的存在。還有，就是用這種方式感念太陽和月亮帶來的恩澤吧。」

這麼回答之後，我猛地從椅子上起身，用肢體語言表示：「你可以走了。」

信彥也算會看臉色，立刻站了起來。

「不好意思臨時跑來打擾您工作，那我先告辭了。」

瘦弱的身軀往下一折，信彥向我鞠躬。

這傢伙回去的地方，有亞彌在等他。往後都是這樣了。

亞彌還住在家裡的時候，要是沒聯絡又晚歸，我總會擔心得要命。怕她會不會被捲入什麼事故，還是被壞人盯上了。那種時候，腦中盡是些控制不住的可怕想像。

可是現在，亞彌對我而言，就像「看不到的新月」。

就算結束工作，踏上回家的路，家裡也沒有亞彌了。我打從一開始就很清楚，不會再看到亞彌開門說「我回來了」的身影。唯一知道的是，亞彌確實在一個我看不到的地方。

就這層意義來看，不需要多餘的擔心，也沒有多餘的期待，或許真如竹取翁所說「心情比較輕鬆」。

可是……

提著厚厚的公事包，信彥走向工廠門口。那背影看起來很不踏實，脖子和手指都又細又白。

我忽然萌生一股不滿的情緒。

「信彥，你還真瘦。」

信彥回過頭。

「和我完全不一樣呢，你看我的手，又粗又大。」

舉起手這麼一說，才發現自己說了挖苦人的話。

那麼瘦弱單薄的身體，能挑得起一家的生計嗎？對你來說，這間工廠或許寒酸不起眼，我可是拚命在這工作養大了亞彌。

信彥什麼都沒說，只是露出含混不清的笑容。

看到這個，我忽然有點不忍心，放下手來，打個哈哈說：

「不過，我們不像也是理所當然的事啦，我又不是你爸。」

「……您是我的爸爸。」

我赫然抬頭，信彥說得比剛才更肯定：

「您是，我的爸爸。」

我什麼都回答不出來，只能默默站在原地。

一直到信彥對我低頭行禮，走出了工廠。

隔天，下午開始下起雨。

早上天就陰了沒錯，但還真沒想到雨會下得這麼大。今天下午三點，為了瓦斯管線例行檢查的事，我得回家一趟才行啊。在工廠裡一邊工作，一邊觀察外面的狀況，這雨卻是愈下愈大了。

忘了帶傘出門。沒記錯的話，抽屜裡有千代子的折傘。可是，撐開來才發現太小，大風一吹傘就派不上用場，回到家時身上衣服都淋濕了。

站在公寓門口拿起卡片鎖感應，顯示有宅配包裹的紅燈亮了起來。

確認寄物櫃號碼，有兩個包裹，分別放在五號和七號寄物櫃中。

我先按下按鈕，打開五號寄物櫃。裡面是個小紙箱，大概是千代子的化妝品。箱子都濕了。不過，這種天氣也是沒法避免的事。

另外一個包裹在七號寄物櫃裡。這邊的一定是衛生紙、燈管和洗手乳了。

打開比較大的七號寄物櫃門，看到裡面的紙箱時，我不由得倒抽一口氣。是熟悉的「生活貨架」紙箱，但是一點都沒淋濕。每個角落都是乾的。

我輕輕取出紙箱，甚至對自己拿濕濕的手去碰紙箱感到愧疚。

信箱裡有兩張到訪無人聯絡單。

一張是送化妝品來的「早島貨運」留的，另一張則和平常一樣，來自「三葉宅配」，送貨員是……本田。

抱著兩個紙箱搭上電梯，回到家，把紙箱放在餐桌上。

比較兩張聯絡單，包裹送達時間只差了五分鐘。

「……本田啊。」

我想著那從未見過面的本田。

你到底是怎麼辦到的啊？這紙箱不算小，肯定得用雙手拿，想必你也無法撐傘。你是不是從大小和重量猜到裡面裝的可能是衛生紙，心想不能讓箱子淋濕。其實多少淋到一點雨也沒關係的啊。

啊、可是對本田而言，裡面裝什麼或許不重要。在他心目中，每個紙箱都是客人重要的東西。

從不強調自己的功勞，只是默默完成自己的任務。察覺這位送貨員的體貼心意，我內心一陣感動。

本田，你真專業。真想好好稱讚你，每次都想向你道謝。雖然今後可能也沒有見面的機會就是了。

瓦斯管線檢查完，我打了電話給千代子。

說了按照吩咐會同檢查瓦斯的事，也說了她的化妝品已經送到的事。千代子先是不感興趣似的隨口回答了幾句，之後忽然拉高聲音說：
「噯，我聽說了喔。昨天信彥去工廠了吧？」
「咦？」
「欸？」
我疑惑了。
「不是妳叫他過來看我狀況的嗎？」
「才不是咧，信彥昨天的行程很趕，是當天來回，我哪好意思麻煩他。他本來應該完全沒有那個時間才對喔。」
「確實只來了不到一小時就走。突然打電話來說現在要過去，把我嚇了一跳。」
「他一定是努力調整工作，擠出時間才過去的吧？怕先約好又去不成的話，會對你過意不去，所以等到確定能去的時候才聯絡。」
原來不是千代子叫他來的嗎？是信彥自己想來？
「去了工廠，信彥好像很感動喔。說他一直認為那裡是爸爸和媽媽一手建立的神聖場所，還說跟爸爸聊了很多宇宙的話題，很開心。什麼宇宙話題啊，我跟亞彌都嚇到了。」

……他很開心嗎？

為什麼不好好跟我說呢？

「不是啊，我一時之間也不知道聊什麼好……喔，他還給了伴手禮的醬油。」

「醬油？難道是宮丸的嗎？那個很有名喔，很適合配生魚片吃。聽說九州的醬油口味偏甜，特別襯托得出生魚的美味。宮丸的醬油又是其中品質特別好的，帶點濃稠的感覺真是絕品。我一跟信彥說爸爸喜歡吃生魚片，他就說下次想讓你嚐嚐宮丸的醬油呢。」

……什麼意思啊？什麼意思啊？

這些事，他一句都沒提啊。

喔、不對，他有提到「生魚片」。是我自己中斷了對話。

是啊，是我沒讓他說出想說的話。我從來不曾像千代子那樣，展現出接受他的態度。

那是不善言詞的信彥所能盡的最大努力……

我悶不吭聲，千代子也不在意，繼續說她的：

「可是宮丸醬油沒有做網購，超市也買不到，實體店又很遠。信彥一定是專程跑一趟去買的。」

他也沒有拿這點來誇耀自己，只是一心想讓我吃到好東西嗎？

我想起被雨淋濕的紙箱。信彥的貼心，和本田無聲的體貼一樣。

我……

我可曾好好揣摩信彥的心情，試圖想像和理解他？

修車時總是東想西想，但我是否從來沒有想過關於他的事？一股腦地認定他和我不一樣，合不來，從一開始就將他拒於千里之外。認為事情完全不照我寫的劇本走，滿心的不服氣。

我想起把電腦修好時，小聲微笑著說：「太好了」的信彥。每當我把原本不會動的機車修到能發動引擎時，臉上的表情就像那樣。

真正的心情無法好好對人說出口，對不會講話的機器付出超乎常人的感情……

啊、我怎麼現在才察覺。不、或許我早就明白，只是不想承認而已。

信彥和我，其實很像。

忍不住噗哧一笑，千代子錯愕地問：「怎麼了？」

「沒什麼，幫我跟信彥說，謝謝他昨天幫忙修好電腦。」

昨天是新月的日子，竹取翁這麼說了吧。

開始新事物的時機。就算沒有刻意那麼做，也會順著宇宙之流的方向發生。

或許昨天發生在我身上的，是與信彥之間建立的新關係。

順著宇宙之流，兩個同樣笨拙的人，一點一點拉近距離……

結束與千代子的通話。

雨還嘩啦嘩啦下個不停。今天工作結束後，往車站的方向走，去超市買盒生魚片回家吧。做了這個決定的我，走出工廠時朝天空撐開大大的雨傘。

兩天後的晚上，快睡著時手機收到千代子傳來的訊息。

「抱歉，不知道你睡了沒。亞彌比預產期提早陣痛，現在正要去醫院。應該會到早上才生完，明天我再聯絡你。」

我大叫一聲，從床上跳起來。怎麼可能還睡得著。

什麼叫「明天再聯絡」，任何事都要跟我一一報告啊。

我立刻打了電話給千代子，響很久都沒人接。她一定是在忙，又把手機放在包包裡，沒注意到吧。

「我還醒著啦。」

回傳了這句話，我走向客廳。

打開電燈，在屋內來回踱步，姑且先裝一杯水來喝。不知道等待的時間該做什麼好，只好靠在沙發上。差不多一小時後，正打起盹來，手機又響了。

螢幕顯示來電者是「亞彌」，我頓時清醒。

急忙接起電話，聽見亞彌淡淡地說：「喂」。

「妳、妳不是陣痛了嗎？」

「喔——嗯，現在正在休息，應該說，陣痛就是一下痛得難以置信，一下又會像騙人的一樣完全沒事。現在就是那個沒事的時候。」

「也不用因為這樣就跑來打電話啊，妳沒事吧？」

「嗯……因為媽說爸還醒著……我有話想跟你說。」

我嚇到了。有話想跟我說？

我做了什麼嗎？

啊、是為了我挖苦信彥的事？

拿手機的手滲出汗水，這又令自己更緊張。

亞彌的聲音很冷靜。

「我聽媽說了喔。你一知道我狀況不好，就要媽馬上來福岡了對吧？你還跟她說：『家裡的事和工廠的事我一個人可以處理，妳快去亞彌身邊陪她。』其實，我知道忽然要爸爸一個人生活，你一定很傷腦筋。」

關於要不要提早去福岡的事，千代子本來還有所猶豫。一方面是預產期真的還早，另一方面是不管工廠的事或家裡的事，我都還沒做好獨自應付的準備。是我強迫千代子「今天就去，馬上去」。因為，光是聽到千代子說「亞彌的狀況好像有點不好」，我就急得坐立難安了。

「媽媽來了之後，真的幫了我很多。信彥雖然體貼，但現在正是他工作上需要打拚的時期，我也支持他投入工作。可是，我在福岡沒有朋友，光是適應新的環境就夠累了，又因為貧血虛弱，心情愈來愈不安……狀況不好的不只是身體，最難受的是心情。擔心自己能不能撐過生產，能不能順利生下孩子，這樣的恐懼不斷膨脹。最重要的是，對於即將成為母親的事感到害怕。」

我要結婚了。

我懷孕了。

亞彌說這些話時毫無畏懼的語氣，或許是在虛張聲勢。堅定表情的背後，亞彌不知道有多不安。只是穿上盔甲假裝堅強，盔甲下的柔軟身體其實在顫抖。

「可是啊，陣痛開始之後，我心想：『放馬過來吧！』心裡很高興呢。因為馬上就能見到了啊，見到至今一直在我體內的孩子。要是媽媽沒有陪在我身邊，我可能無法這麼勇敢地迎接這天到來。所以，我當然很感謝媽媽，可是……」

亞彌停下來吸口氣，又慢慢開口：

「在那之前，我要先謝謝你，爸爸。」

聽到她這麼說，我也不知道該回答什麼，明知亞彌看不到，還是不斷點頭。

嗯、嗯……鼻腔深處一陣酸楚。

然後，彷彿像對自己做出宣言一般，亞彌用乾脆爽快的語氣說：

「我會加油的，好好生下孩子，好好做個母親。」

眼淚停不下來。

亞彌啊，妳小學的時候，說妳像熊一樣，是因為爸爸覺得妳可愛得像小熊。

妳或許覺得自己太胖，對此感到介意。可是，爸爸只覺得妳肉嘟嘟的，好想抱抱妳。那時，妳已經連跟爸爸牽手都不願意就是了。

我吸著鼻水說：

「沒問題的啦，妳早就已經是個了不起的好媽媽了。」

不是嗎？帶著肚子裡的孩子，在陌生的環境奮鬥到今天。戰勝不安與恐懼，為了即將見到孩子而欣喜。

就算我在妳身邊，或許也幫不上任何忙，不知道自己該做什麼、怎麼做。甚至今後可能還會少根筋地說出激怒妳的話。

可是，唯有這點請妳不要忘記。對妳、對你們的感情，永遠都會在我內心熊熊燃燒。

所以，爸爸會像太陽公公一樣，從遠方照耀著妳。

結束和亞彌的通話，我一個人哭了好久。哭完之後產生一股舒服的疲倦感，不小心在沙發上睡著了。早晨被電話鈴聲吵醒，急忙接起來，另一頭傳來千代子興奮的聲音。

「生了喔！是女兒，母女均安！」

我瞬間全身無力。

從頭頂到腳趾，安心與喜悅充滿整個身體。

這樣啊，太好了。太好了，亞彌。妳做得好。

「工作告一段落後，你也過來看看她們吧。」

「嗯。」

這麼一來，我就是外公了。我才是老翁，摩拖車修理翁。

下個瞬間，腦中浮現那張清瘦戴眼鏡的臉，我不由得微笑起來。

信彥也將展開為人父的人生了呢，一個擁有女兒的父親。

身為離他最近的前輩，讓我來好好教教他吧。女兒可不是那麼好應付的喔。每天都有擔心不完的事，總有一天也一定會嚐到落寞的滋味。

可是啊，這也是比想像中更棒的人生。充滿光彩，非常快樂，教人愛不釋手……

「提早來福岡是對的，要是按照預定計畫，現在我人還在東京呢。」

千代子像是鬆了一口氣，我也表示贊成。

「是啊，幸好亞彌有先老實跟妳求助。」

聽我這麼一說，千代子支吾了一下，才告白似的說：

「其實那孩子沒有自己向我求助喔。也不知道是像到誰，愛逞強又不服輸。搬到福岡那天也是，你一出門工作她就哭得稀哩嘩啦了，還叫我絕對不可以告訴你。」

「……欸！」

想起那時的事，千代子忍不住笑出來。接著又說：

「告訴我亞彌狀況不好的，其實是信彥。雖然一句怨言都沒有，但他知道亞彌一直在強忍很多事。問我能不能裝作沒從他那裡聽說，打電話關心亞彌一下。不過，他好像也沒想到我會提早去福岡就是了。」

是信彥……儘管亞彌沒說，他仍能像這樣善體人意，察覺、理解亞彌內心真正的需要，積極採取了行動。

我深深嘆氣。

我已經打從內心認可兩人，願意把亞彌交給信彥了。

……不、打從一開始就根本不需要我自以為是的認可。

只要亞彌，只要他們夫妻倆和孩子能過得幸福就好。順序什麼的一點都不重要。

千代子高興地說：

「所以啊，我暫時還得待在這邊照顧亞彌和寶寶。信彥說，為了讓提早來福岡的我能早點回爸爸身邊，他也會努力學習各種事喔。」

換句話說，千代子在我與信彥之間來回奔波。

什麼嘛……不知不覺中，我已經和信彥一起做了那件事。

拿月亮當球的傳接球。

忽然覺得好笑，心頭卻是滿滿的感動。

我可沒寫過這麼令人滿心喜悅的劇本。

用宮丸的醬油配了生魚片，好吃得想大叫。

一度消失身影的月亮，會帶著新的時間重新圓回來。

我們將一起在這循環不息的每一天中活下去。

懷著親暱的情感，用不確定聽不聽得到的聲音輕聲低喃：

「謝謝妳啊，千代子娘娘。」

我家這位月娘說：「怎麼，你想許什麼願嗎？」說完，嘻嘻笑了好久。

四章

海龜

想讓自己不感到寂寞，最好的方法就是不和人建立關係。

自從明白了這點後，心情輕鬆許多。

我的搭檔，就算不是人類也沒關係。

這個夏天，遇見命中注定的速克達，使我領悟到了這點。我想我是幸運的。

那輛速克達是中古車，遍體鱗傷還沾滿了髒泥巴。可是，這些都難以掩蓋他的高雅氣質。深藍車身上彷彿爪痕的三條刮傷，看上去就像一陣風吹過。

所以，我立刻給這孩子取了名字。

夜風。

騎上的瞬間，彼此的身體貼合得剛剛好，我馬上知道我們很合得來。

只要跟夜風一起，我哪裡都能去。

無論是穿越太陽下山後的黑暗，還是踏上看不見盡頭的漫長旅程。

「從竹林中為您播送，我是竹取翁，不知道輝夜姬過得好嗎？」

每天早上，我都一邊聽著準時七點上傳的Podcast，一邊準備出門。

身上已經換穿好高中制服了。

用電子鍋裡的剩飯做了兩個飯糰。一個包冰箱裡的酸梅乾，另一個包昆布醬。這就是我每天的午餐便當。反正都是自己一個人吃，不需要講究外觀。

先用保鮮膜包好飯糰，再用鋁箔紙包起來，裝進上學揹的後背包。這就完成了。

接著，再把剩下的最後一點白飯放在保鮮膜上，抓一小撮鹽撒上去。輕輕捏成圓形，我的早餐就此完成。這麼一來，吃完之後也不用洗碗。

「今天的月亮是滿月。」

竹取翁的聲音聽起來有點激昂。

「從以前就常聽人說，潮汐與動物的生產有關。舉例來說，珊瑚會在接近滿月時一口氣產卵，據說是為了盡量讓卵漂遠一點而下的工夫。」

竹取翁的語氣聽起來就像是個很懂得說明的理科老師。

「海龜也是，海龜產的卵，經常在滿月的日子孵化。出生在沙灘上的海龜寶寶，就著月光朝大海前進。」

的確，夜晚的海邊一片漆黑，唯一的照明就是月光了。

我試著想像。從那宛如滿月的雪白球體中誕生的生命。小小的海龜在月光的照耀下，踩著蹣跚的步伐往海水走去。

「可是，我是這麼想的喔。滿月的日子未必是晴天，萬一遇到月光受烏雲遮蔽的日子，海龜寶寶該如何是好呢？要是再下起雨來，沙子吸水變重，一定又更辛苦了吧。不知道牠們會不會自己延後到晴天才生出來呢？」

把鹽飯糰放入口中，我也跟著思考。

原本以為自己降生的是明亮的地方，一生下來才發現世界一片漆黑還下著雨……到處都看不到本該從天上發出光芒的月亮。

「所以，每當天氣好的滿月之日，一看到明亮的月色，我就會放下心來。閃閃發光的波浪和乾燥的沙灘，一定能幫助海龜寶寶回到大海吧。我是這麼想的。」

這人真是溫柔啊。

我把保鮮膜揉成一團丟進垃圾桶，帶著手機走向盥洗室。

《一千零一月》這個Podcast節目，是一個叫本本重太郎的搞笑藝人在Twitter上推薦的，他說內容很有意思。

發現手機裡原本就有安裝的Spotify應用程式可直接收聽Podcast，我就把這節目找來聽。

本本重太郎這個搞笑藝人，老實說完全不紅。不過，他應該出道滿久了。

我還是個小學生時，家附近的購物中心空中花園舉辦了一個耶誕活動。主辦單位請人打扮成耶誕老人發糖果，也有雜耍藝人和當地歌手演出，誰都可以免費去欣賞。

那時，本本重太郎隸屬一個叫「本本朔朔」的搞笑雙人組，他們擔任了那次活動的主持人。另一個叫「朔朔」的雖然長得很帥，但我完全沒留下印象。

在主持之中加入搞笑小橋段的兩人，主要由朔朔扮演裝傻的角色，本本則負責吐槽。每當朔朔用自以為是的口吻講出莫名其妙的話，本本就會以猛烈的吐槽來糾正他。

雖然本本在表演時展現了具有攻擊性的態度，我一看到他就心想，這個人其實很膽小又老實吧。該怎麼說才好呢，他做什麼都全力以赴。對一切都是如此。就像一不注意就會崩坍的疊疊樂，他身上散發著一股緊張與專注。看出他正拚了命地想完成自己該做的事，即使當時的我還只是小學生，內心似乎也有什麼被這樣的他打動。

那天的事之所以記得這麼清楚，或許是因為，那時父親還在身邊。

事實上，那陣子他不在家的日子已經愈來愈多了。所以，去參加那次的活動，是我少數和父母一起外出的回憶之一。

在竹取翁的聲音中刷牙，望著映在鏡子裡的自己，今天看起來脾氣也很差。連自己看了都討厭。這幾年，我臉上幾乎沒有笑容。

我和母親一起住在這間狹小的公寓，而她昨晚也沒有回來。

父親和母親在我國一那年離了婚。原本叫村田那智的我，也改成母親的舊姓，變成逢坂那智。

從原本住的獨棟房子搬到現在的公寓後，母親開始外出工作。工作內容不太一定，也曾同時做好幾份工作，光是我知道的就有保險推銷員、清潔人員和便當店店員。其他的工作就不清楚了。

偶爾感覺得出媽媽交了類似新男友的對象。但也不知為何，每次都維持不久。當然，她從沒和我說過這些事，我也不確定那是她工作的一部分還是玩玩而已。總之，母親沒回家的日子愈來愈多。

她會定期在餐桌角落的餅乾盒裡放錢。和我每個月的零用錢不同，這些錢是讓我拿去買吃的和日用品的意思。換句話說，母親藉此表明除了給錢之外，她不想在我身上花費任何心思。
我上高中後，母親的這種態度愈來愈明顯。就算偶爾兩人都在家，她也不太看我。非交談不可時，視線總是閃躲。
我知道母親連看都不願意看我的原因是什麼。
對不起，我就是和爸爸長得很像。而且愈來愈像，真的對不起。
節目播完後，我關掉Podcast，把手機放進制服外套口袋。
進入十一月後，天氣瞬間涼了許多。騎速克達……騎夜風的時候滿冷的。
我在制服外套上多加一件羽絨大衣，朝玄關走去。
昨天級任導師板著一張臉說，只剩下我還沒繳交升學就業調查表。無可奈何之下，只好大致瀏覽一遍資料，在升學欄上填了M短大的名字。只因為那間學校有義大利語系。
夜風是義大利出產的機車，名稱「Vespa」是義大利文「虎頭蜂」的意思。不過，我只是剛好想到這個而已，其實絲毫不打算考大學。填上大學的名字，只是覺得不填的話，被老師追問一堆也很麻煩。
早已決定，高中一畢業就離開家。

並非已確定去向，也還沒找到想做的事。唯一清楚的，只有我想離開家、想離開母親的心情。不想升學是不願意仰賴她出學費，生活費我也想靠自己想辦法。所以，只要撐過畢業前這五個月就好。

我沒有任何能聊這種事的朋友。從國中時就感到自己與周遭格格不入，上高中後，我更是完全無法「隸屬」任何地方。

其他人一認識就像水滴一樣連成一片，自然融合為一個團體。他們瞬間就能判斷對方和自己是否擁有同樣成分，立刻採取行動。那種能力和技術我都沒有。或者應該說，打從一開始就只有我像夾雜其中的異物。

我想，大家應該都滿討厭我的吧。無論是媽媽、班上同學還是老師。所以我也最討厭他們了。沒有他們，我也無所謂。

我只要有夜風就夠了。

週六中午過沒多久，我一打開 Uber Eats 外送夥伴後台，馬上就接到系統派案。穿上鞋子，走向停車場。

升上三年級後不久，我開始找打工，想賺錢存夠離開家所需的資金。學校禁止學生打工，我就盡量找遠一點的。高中生能做的工作有限，我沒自信能站在速食店櫃檯為客人俐落點餐，像便利商店店員這樣為各年齡層客人服務的工作，我也不認為自己做得來。看到食品工廠招募流水線作業員的廣告，心想這個應該可行，打了電話過去。沒想到對方說：「高中生打工需先經過父母或學校許可。」我一聽到這個條件就退縮，也沒繼續去應徵。心想，一定不只工廠吧，不管在哪工作，肯定都會提出這個條件。但是別說學校，我連母親也想瞞著。

就這樣，我暫時停止找打工，轉而調查有什麼能偷偷做的工作。最後找到的就是Uber Eats外送員。

如果是這份工作，就能在自己想做的時候做了。和店家或消費者之間的接觸也只需要幾分鐘，又不必為職場人際關係煩惱。

即使是高中生，只要年滿十八歲就能加入外送夥伴，不需要學校甚至父母同意也能註冊。我看到網路文章說，Uber Eats外送員的工作性質屬於「業務委託」而不是「打工」，萬一被學校發現時，還能用這當藉口。

註冊時無須提出履歷表，也不用面試。唯一需要的是附照片的身分證明文件。不過，學生證不行。

就這樣決定了。

計畫是先考到機車駕照，再買一輛速克達。郵局存摺裡有我從小學開始存的三十萬左右壓歲錢。用這筆錢當資金，先考取駕照，拿駕照當身分證明文件，再買下工作所需的代步工具。

十八歲。我的生日在八月，等到那時候，就能踏出自立的第一步了。內心從來沒有這麼雀躍過。

駕照輕而易舉地考到了。機車駕照滿十六歲就可以申請，不需要父母同意，也不用上駕訓班。只要到監理站直接應考，通過的話當天就能拿到駕照。

外送員的酬勞必須匯入銀行帳戶，這件事也很好解決。年滿十八歲並備妥證件就能開戶，我馬上就開好了。剛考到的駕照此時立刻派上用場。這一切實在太簡單又自由，令我很驚訝。

就這樣，我終於能夠瞞著母親開始工作，自行管理金錢。

只要在這世界上活滿十八年。光是滿足這一點，就能換來社會對自己的莫大信賴。明明十八歲的我和十七歲最後一天的我根本沒兩樣。

終於來到買速克達這一步了，我跑了好幾家機車行。

機車比我想像中還貴。在拍賣網站上看到中古車只要三萬左右，還以為都是這個價位，是我太天真。因為是第一次買車，就算再便宜，我也沒有勇氣嘗試網路交易，只能去店裡買了。十萬圓的預算遲遲找不到買得起的車，就算找到差不多買得起的，實際一看也總覺得不是我想要的。

與夜風相遇的地方，是一間離家滿遠的機車行。

第一眼看到，我就知道是這孩子了。不是這麼想而已，我就是知道。

和之前去過的其他機車行相比，這間店內雜亂停放各種不同車款，店內一片混亂。夜風在裡面顯得很侷促，彷彿正在等我來接他。

顏色是接近深藍的藍色。車身造型和過去看過的速克達有些不同，平坦的車頭給人一種時尚的感覺。靠近一看，總覺得龍頭中央圓圓的車頭燈也正抬起頭看我。右側車身有著令人印象深刻的三道傷痕。

就是這孩子了。他的名字就叫「夜風」，我當場這麼想。

車身滿是塵埃與泥濘。輪框也有多處生鏽，看得出原本的主人沒有好好對待他。我甚至產生了一股得拯救這孩子的心情。可是，怎麼找都沒找到標價。

店內走出一位大叔，看上去四十歲左右。

「在找摩托車嗎？」

他手上拿著點燃的香菸。

「啊……對。沒看到這輛車的價格，請問多少錢？」

大叔沒有馬上回答，叼著香菸吸了幾口。過了一會兒才揚起嘴角說：

「不分期，一次付清的話，算十三萬就好。」

比我的預算多出三萬。瞬間猶豫了一下，但我是這麼喜歡這輛車。如果只超過這麼一點的話——

「好，那我決定要買了。」

聽到我忐忑不安的回應，大叔立刻把香菸丟到地上踩熄。接著，他往我這邊走過來，蹲在夜風前面。

「這輛呢，兩個輪胎都爆胎了，方向燈也壞了喔。不修理的話是不能騎的。」

我很訝異，他賣出這輛車的前提居然是「車子是壞的」。那麼，我在拍賣網站上看到的便宜價格，或許也是這麼來的。

看我一臉困惑，依然蹲在地上的大叔抬起頭來說：

「連換輪胎和修理方向燈的錢都包在裡面，算十五萬如何？這可是跳樓大放送了喔。全在我這裡弄到好。」

十五萬。

可是，無論如何，不修理就沒法騎。除了這裡，我也不知道能拜託誰換輪胎和修理。雖然不確定公定價是多少，既然大叔都說是跳樓大放送，多加的這兩萬費用，應該算很有良心了吧。

「……那就麻煩了。」

「這邊嚴重刮傷的地方要重新烤漆嗎？」

我用力搖頭。

「那邊就維持原樣。」

大叔點了點頭，站起身來。

「幾歲？」

「欸？」

「妳幾歲？」

我稍稍抬頭挺胸地說：

「十八歲。」

歪了歪頭，大叔說：

「未成年不管是買機車還是加入機車保險，都需要監護人同意喔。」

我睜大雙眼。

我都已經考到駕照，開了銀行帳戶，把成為Uber Eats外送員所需的東西都準備齊全，就差帶這孩子回去了。明明十六歲就可以考駕照，十八歲卻還連車都不能買嗎？這社會的架構到底是怎麼回事？

看我悶不吭聲，大叔視線稍微從我身上移開。

「妳現在打電話給父母，他們說OK的話，我就沒意見了喔。」

我懂了。

這個大叔是站在我這邊的。

只要我現在假裝打一通電話給母親……再謊稱「媽媽說可以」就行了……大叔會幫我睜一隻眼閉一隻眼。

緊握從口袋裡拿出的手機，緊張得感覺得到脈搏用力跳動。沒錯，很簡單的，只要搞定這一關。

可是，當我察覺夜風一直看著我，我就打消了這個念頭。

我從沒做過壞事。這個世界上所有的規範，我連一個都沒打破過，也沒做過任何愧對自己的事。

對於自己仍「需要大人監護」這件事，確實很不甘心。可是，都到這地步了，我還是想光明正大地自立。就算出發點只是為了不想弄髒夜風也好。

放下握住手機的手。

「我媽媽正在工作，沒辦法接電話。等獲得她的許可了，我下次再來。」

大叔訝異地挑起眉毛。

「到時候這輛車可能被賣掉了喔。」

我一時說不出話來。要是那樣就太難過了。於是，大叔好心地說：

「不然，妳先付一點押金吧。」

押金五萬。

只要先付五萬，他就不會把夜風賣給別人。

我用信封裡的十萬圓支付了這筆押金，打算回家尋求母親同意。

這對我來說，是非常非常麻煩也不願意做的事。

我省略Uber Eats的事，假裝還沒考到駕照，只跟母親說我想騎機車上學。我們學校允許學生騎機車上學。禁止打工卻允許騎機車，是因為學校位在一個偏遠的地方。

公車班次不多，搭電車需要換車，而且接得不太順，從家裡到學校單程就得花上一個半小時。如果改成騎機車，只要三十分鐘。

「最近公車和電車都常誤點，上課老是遲到。周圍多了不少騎機車上學的同學，為了專心準備升學考，我也想有效利用時間。」

說是這麼說，心想這種理由一定難以說服母親吧。沒想到，母親只回了「是喔」，這倒讓我有些意外。

不過，接著她又滿不客氣地用質疑的語氣問：「買一輛速克達要多少錢？」

「……大概十萬圓吧。我會用自己的存款來買。」

母親乾乾地重複了一次「十萬圓」，聽來像在唸什麼咒語。大約三秒後，她又冷淡地說：

「好啊，我沒意見。既然有這需要，那也沒辦法。」

我整個人都萎縮了，向母親低下頭說：「對不起，謝謝。」

就這樣，剩下的十萬我接受了母親全額贊助，機車保險手續也在她幫忙下完成了。她還幫我出了保險費用、油錢和停車場月費。

說到底，母親還是在社會地位與金錢層面上庇護了我，這令我感到窩囊。不可否認，在讓她出錢的狀況下偷偷做Uber Eats的工作，我也不是沒有罪惡感。然而說實在的，還真慶幸自己不用出這筆錢。這麼一想，感覺自己更窩囊了。真希望能早點獨立，再也不用依靠任何人，自己的事自己解決。

話雖如此，夜風總算來到我身邊了。立刻把他從頭到腳刷洗得乾乾淨淨，一轉眼夜風就漂亮得教人心動不已。雖然看上去還有點舊舊的，但這樣也有這樣的味道。

或許因為剛換了新輪胎，騎起來感覺不錯。雖然Vespa速度騎不快，這樣反而安心。就連換檔也不嫌麻煩，甚至是更愛不釋手了。我的夜風就是這麼這麼可愛。

Uber Eats的工作做得很順利。接到單就去店家取貨，再送到客人手上。我從小方向感就好，不管怎樣都不怕迷路，業務內容很單純，這點也適合我。只要勤勞一點，每週都能領到不錯的報酬。

我真心認為，自己只要有夜風就能活下去。

為了早日離家，努力多賺點錢吧。目標是不靠任何人的自立。

這次接的單是中式餐館的一份天津飯。我從店家手中接過餐點，跟著Google Maps的導航騎向訂購者家。

一棟樓中樓建築映入眼簾。將夜風停好，確認地址，對照訂購者的姓氏與門上的名牌後，我按下電鈴。

「來了。」

一個男生輕聲細語地應門，不一會兒，門就打開了。

看到彼此的臉時，我們兩個都無聲地做出「啊」的嘴型。

是班上的男生。

我瞥了一眼訂購者的名字，神城迅。

原來他的名字叫「迅」啊。至今從未注意過他叫什麼名字，接單的時候也沒想到。

這麼說起來，班上確實有這樣一個同學。沉默寡言，上課時被老師點到，總是因為聲音太小而被罵，分組時老是多出來沒人要。換句話說，跟我一樣。

我一邊遞出裝了天津飯的容器，一邊說「您的餐點送到了，謝謝」。神城迅表情雖然困惑，仍點了點頭收下。費用預先以信用卡支付了，所以也不必收錢。沒其他話可說，我轉身就想走出半開的門。如果是他的話，應該不用擔心會去跟班上同學亂說什麼。

這時，屋內突然傳出啪沙啪沙的聲音。

神城迅端著天津飯，被那聲音嚇得聳起雙肩。我朝裡面一看，走廊上有隻生物正竄逃似的飛來飛去。

「欸，那什麼！」

我情不自禁大喊。那慌張亂飛的東西是一隻咖啡色的鳥。鳥看到我們似乎也嚇了一跳，朝另一個方向飛走，怯怯地停在樓梯扶手上。

「……是麻雀。」

神城迅無奈地說。

「怎麼辦？」

看到他那為難的表情，總覺得自己不能就這樣離開。我也想問自己「怎麼辦」。

麻雀搖晃著小小的腦袋四處張望，又朝飛來的方向振翅。神城迅追上去，我也自然而然脫了鞋子進屋。

「總之，得把牠趕到外面才行。」

客廳的落地窗沒關。神城迅小聲說明，因為剛才看天色好像快下雨了，打開落地窗想去收衣服。就在這時，Uber Eats 來了，為了拿餐直接走去玄關，沒把落地窗關上。

麻雀在屋內迷失了方向，到處亂飛著找尋出口。明明是從落地窗飛進來的，怎麼就不懂得要從那裡飛出去呢？平常朝窗外眺望時看到麻雀，只會覺得是可愛的小鳥，一旦像這樣飛進屋裡，忽然覺得形體大得驚人。

「這邊、這邊。」

我從後面撲向麻雀，試圖把牠往窗邊誘導。不料這卻造成反效果，麻雀嚇得逃向客廳角落。

無計可施的我們呆站在客廳裡。忽然，麻雀像發現什麼似的飛起來繞一圈，接著就飛出落地窗了。

「……太好了。」

神城迅喘了一口大氣，重新轉向我。

「謝謝妳，幫了我大忙。」

瞬間，我的視線受到吸引。原來也能看到這麼溫柔的表情。

不是「原來也能看到這個人露出這麼溫柔的表情」，而是「原來也會有人對我露出這麼溫柔的表情」。我嚇了一跳。

麻雀飛走後，我開始為眼前的狀況感到困惑。竟然跑進從沒交談過的同班同學家了。

「啊、那……」

正想離開，目光瞥見桌上的東西。那是大量的廣告傳單和信封，還有一大疊資料。

廣告傳單上印著大大的「荷魯斯劇團」。

「你加入劇團喔？」

忍不住這麼問。神城迅和劇團，這組合倒是出乎意料。

他又是小小聲地回答：

「沒有，是我爸的劇團。他叫我幫忙做家庭代工，說會付薪水給我。」

「家庭代工？」

「要做的事可多了喔。在信封上寫收件人名，有時還要製作小型道具。下個月公演前我一個人做不完，他還叫我找朋友一起來做……」

「……」後面沒說的話，我馬上就聽懂了。大概是「但我沒朋友」吧。

「我也可以做嗎？」

不假思索這麼問。說出口了才被自己嚇到。我又不是他的朋友，居然主動報名。可是，可是，這是很不錯的打工啊。想必也不需要經過家長同意。

神城迅的眼睛愈睜愈大。

那不是拒絕或否定的意思，我能從他發光的眼神中，直接感受到包容接受的意願。這說不定是我第一次產生這種感覺。

因為今天神城迅得先吃他的天津飯，我也想利用週末好好跑幾趟Uber Eats的工作。所以，我們約好星期一放學後在他家碰面。神城迅幫他爸打工，好像是以抽成的方式領薪水。他跟父親商量過後，決定以時薪一千圓僱用我打工。

按下門鈴，神城迅立刻把門打了開。不知為何，我不好意思直視他，望著別的方向踏進玄關。

一進客廳，我就慌了手腳。因為裡面有個女人。

頭髮全部往後梳，穿著鬆垮的運動服，女人正在折桌上的廣告傳單。是神城迅的母親嗎？

「歡迎妳來。」

她一看到我就這麼說，臉上滿是開朗的笑容。

我點頭致意，但無法順利堆出笑容。必須和不認識的人，而且是神城迅那邊的人一起在此度過一段時間，是我事前完全沒料到的事。緊張與不安使我全身緊繃。

不過，女人很快就站起來，拿起沙發上的羽絨外套披上。

「那就這樣，剩下的麻煩你們嘍。」

神城迅點點頭，女人笑著對我說：

「這還是小迅第一次找朋友來家裡呢。很高興見到妳，我煮了咖哩，不嫌棄的話請吃點喔。」

「……謝謝您。」

我勉強擠出聲音回答，站在原地看女人跟神城迅說話。

他們簡單交談幾句，女人就走出去了。神城迅沒有專程送她到門口，就這點看來，他們果然是一家人嗎？

剩下我們兩人之後，神城迅抓了抓下巴，嘴裡喃喃地說：「那個……」指向剛才女人坐過的椅子。

「妳坐那邊可以嗎？」

「嗯。」

等我坐下來，他就講解了一遍今天工作的步驟。信封上的收件人名已經都寫完了，我只要把桌上的廣告傳單折成四折，裝進信封裡，再用膠水封口即可。我們面對面坐在四人座的桌旁，默默進行手邊的工作。

廣告傳單跟上次看到的一樣，是荷魯斯劇團的傳單。公演名稱「月上林梢」大大地設計在正中央。

「……剛才那是你媽？」

我隨口一問。

神城迅盯著手裡的東西回答「不是」，一如往常小小聲地說：

「是劇團的女演員，排練前先過來一趟。」
「這樣啊。」
「我家……沒有媽媽。」
「欸。」
「我小學的時候，爸媽離婚了。」
我停下動作，不敢看神城迅的臉。
「抱歉。」
為何道歉呢？可是，我就是這麼說了。只因家裡有個女人，就把那當成人家的媽媽。究竟是為了自己這麼魯莽而道歉，還是因為我也不太想聽到「媽媽」這個詞彙呢？自己都搞不清楚了，或許是對各方面感到抱歉吧。
然而，神城迅以罕見的強硬語氣說：
「別這樣，我真的很討厭被同情。」
我嚇了一跳，著急得坐立不安，我惹他生氣了。
不對，我不是在同情他。會那麼說，是因為想起了自己的處境。因為……
「……我也是喔。」

神城迅赫然抬起頭。

「我也是，國中的時候爸爸離家了。」

自認已經用了盡可能平淡的語氣，可是說不定，我聽起來才更教人同情。

某天，媽媽突然對我說：「爸爸已經不會再回來了。」

因為他在外面有了比我們更重要的情人。原因就只有這麼一句話。

「連好好道別的機會都沒有，我就改了姓，搬了家。狀況一轉眼改變，一開始甚至忘了要驚訝，整個人一片茫然。」

茫然。沒錯，那時的我什麼都不能做，只能茫然面對眼前的一切。

媽媽不時陷入歇斯底里，不一會兒又沉默下來一動也不動。我不知道該如何是好，只能盡量乖巧，小心別刺激到她。

神城迅以非常真心誠意的語氣安慰我：

「……搬家，一定很累吧。」

搬家?重點是這個嗎?

忽然覺得很滑稽，我噗哧一聲笑出來。

「嗯，是滿累的啦。」

我一邊折傳單一邊回答，神城迅也一邊動手一邊繼續說：

「我是沒有搬家也沒有改姓，而且家裡從小就有劇團的人進進出出，大家都很疼我，小迅、小迅的叫我。」

就像剛才那個女演員一樣。

「逢坂同學，妳下面的名字叫什麼來著？」

神城迅突然這麼問。

「那智。那霸的那，日知智。」

「這樣啊，那我就叫妳小那。」

「欸？」

嚇死我了。一下就把距離拉得這麼近嗎？沒想到，他又說了跌破我眼鏡的話。

「嗯？不行嗎？不然『那智』有點難叫。」

重點不在這吧。

……算了，就這樣吧。我沿著折線把傳單壓平，接受了這個稱呼。

神城迅這種出人意表，毫無心機的個性，或許來自劇團成員們對他的疼愛所造就的自我肯定。小那。有多久沒人這樣叫我了。要是回溯得不夠久，恐怕還找不到那段記憶。

我覺得神城迅正在快速佔領我心中尚未防禦的區域，那力道強勁得令人錯愕。就像在戶外看到時只覺得小巧稚嫩的麻雀，一旦飛進家裡就像放大了形體，無法忽視牠的存在感。

「小迅……」

「嗯？」

他一點也不驚訝。

「我也這樣叫你好了。」

「嗯。」

小迅咧嘴一笑。

……什麼嘛，原來在這裡。我這麼想。

班上那些性格開朗的孩子，因為一眼看出彼此的光芒，所以很快就能互相傳送訊號了。可是，像我們這樣只有微弱光芒的人，就得多花點時間才找得到同伴。

我想起海龜寶寶的事。就著滿盈月光朝大海前進的小生命們。

如果海龜卵在下雨的滿月之夜孵化……
即使如此、即使如此，我想海龜們還是會往前走。
就算沒有月光，就算被雨淋濕的沙子重重拖累身體，牠們仍會朝目標的大海走去。尋求自己該去的地方。
對了，剛才口氣比較強硬時，有那麼一瞬間，覺得小迅的聲音跟竹取翁好像有點像。只是沒那麼流利就是了。

隔天，我睡過頭了。
起床時已經九點多，自己看了都傻眼。媽媽早就出門了，不在家。本來急著想趕快準備，忽然又嫌麻煩起來，決定乾脆偷懶不上學了。
打電話去學校說身體不舒服，順利請好了假。
外面天氣很好，心情也跟著變得愉快，燒熱水泡了可可亞。今天和夜風一起去遠一點的地方走走吧。
我操作手機，打開Podcast。
從竹林中為您播送，我是竹取翁，不知道輝夜姬過得好嗎——

《一千零一月》今天也準時七點更新。

「今天的月亮是新月呢，這次來聊聊日蝕吧。」

竹取翁說了起來。

「當月亮和太陽來到完全相同的角度時，太陽隱藏在月亮後方，就會形成日蝕。日蝕這天的月亮一定是新月。當然，新月之日未必會發生日蝕，這個現象只有當月亮在軌道交叉點附近形成新月時才會發生。地球上能看見日蝕的時機和地點都不多，對天文愛好者來說可是一大盛事呢。依軌道傾斜角度及日缺面積的不同而有各種不同種類的日蝕，像是日偏蝕、日全蝕、日環蝕等等。」

日缺。太陽欠缺了一塊。

聽起來很驚人，但是實際上太陽什麼事都沒有，也沒任何損失。只是從地球上看不見，日語中才會用「欠缺」來形容。

我一邊出神地想著這些，一邊拿起馬克杯喝一口可可亞。

「雖說現代已經能推算出觀測日蝕的時間及場所，對還不具備這些知識的古代人而言，日蝕或許是很可怕的事。世界毫無預警地變成一片漆黑，而且那天晚上還連月亮都不出來。」

月亮不出來？喔，對耶，新月是看不見的。

他說得沒錯，以前的人一定嚇壞了吧。在那個連宇宙的起源都未能理解的時代，人們一定堅信太陽和月亮隨時都會在天上守護著自己。

一旦知道了原理，就會覺得沒什麼了。

不是太陽和月亮試圖對地球造成什麼影響，只是地球上的我們擅自被牽著鼻子走而已。

接下來，竹取翁又介紹了下次地球上能看到日蝕的時間與地點，最後以平靜的語氣說：

「那時我不知道在做什麼呢？想像著那時候的事，我很期待那天的到來。」

到時候，我又會在做什麼呢？

總之，先決定今天要做什麼吧。我打算等一下出去找尋竹林。

上網查了一查，離我家最近的竹林在一個叫東綠地公園的地方。這座公園佔地廣闊，最後面有一區好像整片都是竹林。騎夜風過去的話，大概二十分鐘就能抵達。

我跟平常一樣捏兩個飯糰，放進背包裡帶出門。

夜風在停車場等我。我伸手拍拍座墊，戴上安全帽。

打開汽油開關，單腳放上踩發踏板，用力一踩，夜風發出噗嚕嚕的呼應聲發動了。這一瞬間總是令我非常欣喜。

「今天要騎到竹林去喔。」

這麼對夜風說話，左手握住離合器轉動。從空檔打到低檔，出發。

夜風載著我往前奔馳。沐浴在風中，有一種「活著」的感覺，我和夜風都是。

東綠地公園在住宅區後方的山林間，剛騎進入口就看到一個停車場。或許因為是平日的白天，停在裡面的車不多，只有三輛汽車和一輛三葉宅配的貨車。

是否該把夜風停在這呢？我猶豫了一下。不過，機車似乎還能繼續往前騎，不如繼續穿過停車場，往公園裡面去吧。

途中遇見跑步的大叔、騎自行車和我擦身而過的女人，還有慢慢散步的老人家。

平日白天的公園悠閒安靜，放眼皆是綠意盎然的景色。久違地慢下腳步，訝異自己臉上露出了微笑。

前進了一會兒，看見前方有一片竹林。從這裡開始路變小條了，我放慢速度，讓夜風停下來。

依然跨在夜風身上，拿下安全帽。一陣帶有草木香氣的風包圍了我。

「你在這邊等一下喔。」

將夜風停在路旁，安全帽掛上座墊前方的掛鉤。

我慢慢走進竹林。

並列的竹子們像是挺直了背脊，高得必須抬頭仰望。茂密的竹葉遮擋陽光，不過走在竹林裡並不覺得陰暗。清亮的光線依然能從葉縫間灑下來。

獨自置身其中，心情就像站在一群高個子中間，彷彿連自己也變成了一棵竹子。

內心低喃：「從竹林中為您播送——」

竹取翁是否也在這樣的靜寂竹林中思念輝夜姬呢？

這時，耳邊傳來尖銳的嘎嘎聲。我朝聲音的方向轉身，竹林深處似乎有人。

走近一看，一位身穿灰色工作服的大叔正拿著鋸子在鋸竹子。名符其實的竹取翁。

原來真有其人啊。這麼想著，我目不轉睛打量他。

大叔也發現我了，停下手中的鋸子。

「妳好。」

他親切地向我打招呼，我也回應「您好」。可惜的是，他的聲音聽起來不是竹取翁。當然不可能會是嘛。

「您在砍竹子嗎？」

總覺得我好像問了奇怪的問題，不過大叔笑著說：「對。」

「今天是新月之日。妳聽過新月採伐嗎？據說在新月這天砍下的樹較不易腐壞喔。當然啦，這也可能只是迷信，不過秋天的竹子質地特別緊實，確實很適合用來加工。」

大叔用掛在脖子上的毛巾擦拭臉上的汗水。我又問他：

「鋸下來的竹子要拿來做什麼嗎？」

「嗯，是啊。竹子的用途很多，可以好好運用。我是這座公園的職員，公園裡到處都看得到我的作品喔。像是竹柵欄、竹籃、竹燈籠等等。冬天會用竹子做門松，夏天則召集孩子們，辦一場流水麵線大會。」

看我笑了出來，大叔繼續說明：

「不過，我可沒有隨便亂砍竹子喔。竹子生長的速度很快，必須定期砍伐整理才行。要是放著不管，一下就長得亂七八糟了。另外，也會擔心竹子染病，因為出問題的時候，所有竹子都會一起變得不行。」

「一起？」

大叔愛憐地摸摸竹子。

「竹子在地面下都是相連的，整片竹林說起來就像同一棵樹。」

一陣風吹來，竹葉沙沙晃動。

聽大叔這麼說，我感到很訝異，轉頭環顧竹林。這一大片竹子，說起來其實是同一棵樹嗎？

大叔再度拿鋸子鋸了起來。

「有時也會舉行竹藝工作坊，不嫌棄的話請來玩玩。」

我回答「好」就離開了，不過，感覺全身都在激動。

走回夜風身邊的路上，好幾次回頭看那片竹林。

那群竹子，在看不到的地底下彼此相繫。整片竹林其實是同一個生命體。這令我深深感動。

後來，我又去小迅家做了好幾次的「家庭代工」。託家庭代工的福，我第一次在手機裡安裝了LINE的應用程式，一直以來都認為這是與我無緣的東西。裝了LINE之後，我們開始在那小小的對話框中以文字交談，約定去小迅家的時間。

偶爾也會在他家遇見劇團的人。神城家一天到晚都有劇團成員進進出出，有一次甚至有個剛睡醒的男人從二樓房間走下來。大家都很自然地接受我的存在，也不特別干涉什麼，頂多給我們一些零食，很快就出門去排練了。

小迅和我在學校連一句話都不說。就和過去一樣。偶爾四目相接，但也僅此而已。其實沒有約好要這麼做，只是對我們兩人而言，保持這種距離剛剛好。

今天我的工作是製作紙雪花，聽說舞台上會有一場下雪的戲。把好幾張寫書法用的宣紙疊起來，先剪成許多的長條，再交錯著在長條紙片上裁下小小的三角形。

起初以為這任務很簡單，動手做了才發現意外的難，一下就累了。為了不讓長條狀的宣紙散開，得壓在靠近桌沿的位置裁剪，還得注意剪刀的角度和紙是否平行，需要注意的地方很多。剪累休息時，我問小迅：

「為什麼是剪成三角形，不是四角形呢？」

「聽說飄下來的時候，三角形和真正的雪花最像喔。好像跟空氣阻力之類的物理學有關。」

「明明雪花就不是三角形的呢。」

「對啊。」

原本跟我一起製作雪花的小迅，做到一定程度後，就把雪花交給我負責，自己開始拿白色畫紙另外做起別的東西了。只見他把紙剪一剪，折一折，再用剪刀修來修去。

旁觀了一會兒，終於看出他做的好像是花。小迅手中生出了許多層層疊疊的花瓣。他並沒有照著什麼書做，只是以熟練的動作很快地完成了一朵花。我想他一定很常做這個吧。完成的花大小正好可以放在手心，不是具體仿效哪種花做出來的，只是象徵意義的花。

「好美。」

我這麼一說，小迅就露出滿足的笑容。

「這要做一百個。」

「啥？」

看來這家庭代工滿黑心的嘛，我傻眼地望向小迅。看到我的表情，小迅說：

「不、沒有人強迫我喔，是我自己說想做的。我很喜歡做這種事。這些花一定能在舞台上好好發揮作用，雖然可能有幾朵會被踩扁，也可能有些會掉到舞台下，就連這樣也都很好。」

小迅把剛做好的白色紙花放在桌上，開始做起第二朵。

「小迅，你以後也要加入爸爸的劇團嗎？」

「不知道。不過，我想好好學習舞台美術，高中畢業後，想去上這方面的專門學校。學校真的是很厲害的地方呢，教會我們這麼多事。」

我手上還拿著長條宣紙，心頭一陣悲哀。

小迅已經好好地找到想做的事，也已經朝著目標方向決定接下來的道路了。和滿腦子只想一個人離家的自己完全不同。我只能低聲回了一句：「你好棒」，小迅又慢條斯理地繼續說：

「戲劇當然不能沒有演員，但是也有很多很多幕後工作。拜荷魯斯劇團所賜，我才知道幕後工作也是很有意思的呢。」

這句話驚醒了我。

光鮮亮麗的舞台背後，以及那背後的背後，還有很多支撐起這個舞台的人。說不定，今天的我也是其中之一。如果是的話，感覺有點自豪。

我端正姿勢，重新握好剪刀，暗自祈求這些白色紙片能在舞台上順利化作雪花，讓觀眾們欣賞一場美好的演出。

「小那呢？有什麼打算？」

身體一僵，彷彿都聽得到體內發出喀嗒聲了。一心希望小迅別問我這個問題，看來他沒接收到。

「啊、呃……M短大吧。因為有義大利語系。」

「是喔，義大利語。」

「我騎的Vespa就是義大利車喔。意思是虎頭蜂。」

「如果Vespa是虎頭蜂的話，麻雀的義大利語是什麼呢[3]？」

「……這我就不知道了。」

去學看看好了。報考M短大，讀義大利語系……產生這份心情後，不知怎地忽然想哭。聽了小迅一句話就改變主意的我，只有這點程度的毅力，竟然還想靠自己一個人的力量活下去？可是，好好讀書參加考試，認真學習想學的東西，搞不好需要更多毅力。

「妳好像很喜歡那輛速克達？」

小迅一邊動著剪刀一邊說。

因為是小迅，或許可以告訴他。

「我跟你說喔，我幫那孩子取名叫夜風……」

小迅沉穩地笑著聽我說，這讓我很開心。就算只有一點，此時此刻似乎和小迅共享了我珍視夜風的那份心情。

多麼希望這麼安穩的日子能一路持續到高中畢業，可惜事不從人願。

隔天，放學回家時，母親生氣地站在那裡等我。

❸日語的虎頭蜂スズメバチ，直譯為麻雀蜂。

從她散發的氣勢，我就知道事情非同小可，好想當場逃跑。可是，當下的我只像隻被蛇盯住的青蛙，想動也動不了。

「……這是什麼？」

母親手上拿著我的銀行存摺。

那是為了Uber Eats報酬入帳而開的戶頭。不過，我幾乎都在手機上確認匯款，存摺從來沒有補登過，還有辯解的餘地。我死命思考該找什麼藉口。

沒想到，還來不及開口，母親就先翻開存摺質問：

「怎麼會有德國銀行匯的款？」

德意志銀行UBE。Uber Eats的報酬都從這個銀行匯款。存摺上印出至今每一筆跑單的收入，原來媽媽已經把存摺拿去銀行補登過了。

我一陣火大，放聲大喊：

「不要隨便拿我的東西！」

母親一個轉身，閃過我想搶回存摺的手。

「妳到底在搞什麼？做了什麼不可告人的事嗎？」

她望向我的眼神充滿嫌惡。對母親而言，我就是這麼可恨的存在。

「沒什麼不可告人，只是在接Uber Eats的單而已。」

「Uber Eats？學校禁止打工吧？」

Uber Eats的工作不是打工，名義上是業務委託。這個當初半開玩笑想著被學校發現時可以拿來當藉口的說詞，在母親面前當然是行不通。

母親頹坐在地板上哭了起來。

「……為什麼……為什麼啊。錢不夠用的話，妳可以說啊。雖然是單親家庭，為了不讓妳吃穿不自由，我都已經這麼拚命了。妳有缺過零用錢嗎？上次說想要速克達，不也買給妳了嗎？」

聽著母親的嗚咽，我站在原地不知所措。

不是那樣的，媽媽。我只是想靠自己賺錢，只是想用這些錢獨立自主。我想從妳面前消失，不想再給妳添麻煩了啊。明知媽媽討厭我，我怎麼還受得了繼續待在妳身邊。

心中這麼想，嘴上依然貫徹沉默。看我一句話也不說，母親用地鳴般低沉的聲音說：

「……妳這點，跟那個人真的一模一樣。總是瞞著我偷偷摸摸……」

我陷入一種全身血液都涼掉的感覺之中。

媽媽每次都這樣，硬要把我和爸爸扯在一起。沒完沒了，今後也永遠都會是這樣了。

「我是那智，不是爸爸喔。請妳好好看清楚。」

我淡淡地說。

母親赫然抬頭，瞬間我們四目相接。隨後，我就跑出了家門。

想忘也忘不掉。

被說「爸爸再也不會回來了」那天的事。

那天，毫無預警的，世界變成一片漆黑。

月亮遮住太陽的日子，甚至連月亮都看不到了的日子。

滿心恐懼。那時，不只失去了父親，我還失去了從前那個總是笑得很開心的母親。不知道自己該做什麼才好，不知道今後該如何是好，不安到了極點。

夜風、夜風。

幸好我還有你。帶我走得遠遠的吧。

我已經等不及高中畢業了。

淚水模糊視野。日落時分的昏暗光線中，連自己正往哪個方向跑都不知道。一心只想去沒人的地方，選了無人的道路。

這時，一隻黑貓橫過眼前。我大吃一驚，正想轉動龍頭，卻在瞬間失去平衡感。

一陣劇烈聲響中，不知道發生了什麼事——

「……好痛……」

好不容易回過神，才發現自己摔倒在柏油路上。左手臂很痛，掀起的裙子底下，露出的膝蓋擦傷了。

應該沒有受到猛烈的撞擊吧？儘管我連自己有沒有撞到頭都不確定。

拿下安全帽，踉踉蹌蹌起身，立刻環顧四周。夜風呢？

夜風橫躺在車道旁。我拖著腳步，朝夜風走去。

撐起夜風的身體，看見鏡子裂了，車身多了不少傷痕與凹陷。

「抱歉……抱歉……」

想聽夜風回應的聲音，我用力踩踏板。
然而，引擎發不動了。夜風依然無言。
「不會吧……喂，夜風！夜風！」
我哭著踩了好幾次踏板。動也不動的夜風像是完全失去了生氣。
時間已過下午五點，太陽漸漸下山，四周愈來愈暗。這裡是哪裡？檢查放在外套口袋裡的手機，確認手機沒事，我打開地圖應用程式。
看來是下意識地朝東綠地公園的方向騎來，現在已經離那邊很近了。因為穿過了住宅區，所以附近沒有人，我慶幸至少沒給別人造成麻煩。
怎麼辦，怎麼辦才好呢？
對了，先聯絡遇見夜風時的那間機車行吧。
急忙打了電話，那頭卻傳來冰冷的語音：
「您撥打的號碼是空號——」
……………咦？
怎麼會？不過，我馬上又想到，那間店的大叔曾有一次用他自己的手機和我聯絡。當時心想，或許發生什麼事時可以派上用場，就把那個號碼也存進通訊錄了。

找出大叔的手機號碼，按下通話鍵。響了很久才聽到大叔狐疑的聲音。

「……誰啊？」

「啊、我是……以前在您店裡買了Vespa的逢坂。我剛才摔車，車子發不動了……」

「喔。」

大叔一副不耐煩的樣子，嘆了口氣。

「我有給過妳手機號碼嗎？傷腦筋啊。抱歉喔，那間店已經沒做了。」

「咦？可是——」

「那時我只是跟一個快把店收起來的朋友借用店面賣一些二手車，妳現在車禍了就自己想辦法。」

「什麼自己——」

「別再打來了。」

電話無情地掛斷了。

怎麼這樣……還以為那個大叔是站在我這邊的人。

咬著嘴唇。大叔那句恨恨的「別再打來了」，在腦中不斷迴盪。

我一個人果然什麼都做不好。被這個世界討厭、排擠，不中用的我，把夜風害得這麼慘，卻一點辦法也沒有……

膝蓋傷口的血沿著小腿往下流，看著怵目驚心。

「……媽媽。」

話語脫口而出。

為什麼這種時候還想要找媽媽呢？

明知媽媽不愛我，不是想早點離開她的嗎？

即使如此，不知為何，內心深處最想要的，最依賴的，終究還是媽媽。

媽媽、媽媽、媽媽。

好痛喔，不知道怎麼辦才好，救救我。

眼淚滴滴答答落下，我自己環抱自己。

不安之中，眼前接著浮現了小迅的臉。

在自然的連鎖反應下，我忽然想起上次聽他說過，荷魯斯劇團裡有個演員在機車行工作。

這麼做或許會給小迅造成困擾，可是我無論如何都想救回夜風。
顫抖的手重新拿好手機。
打開LINE，傳送訊息給我唯一的「朋友」。

把事情的經過告訴小迅後，他立刻幫我聯絡了那位叫「佑樹哥」的演員。幸運的是，他當下正好在機車行打工。
佑樹哥開著一輛車身上漆著「陽光機車行」的小貨車前來。
身處一片黑暗中，看見車頭燈朝我照射過來時，真的不知道有多安心。
在貨廂後方安裝好斜坡板，佑樹哥小心翼翼地牽夜風上車。
「別擔心，我認識一個技術高超的維修師傅。」
佑樹哥用輕鬆的語氣鼓勵我，我哭著對他鞠躬了好幾次。真的太感謝了。
「話說回來，我真是差點被嚇死了啦。小迅急沖沖地打電話來，還想說出了什麼事呢。我高中時也常被說聲音和爸爸很像，最近的小迅，電話裡的聲音真是愈來愈像他爸了。一接起電話時，差點以為是龍先生打來罵我。」
他口中的龍先生，應該是指荷魯斯劇團的團長神城龍。雖然我沒見過他就是了。

佑樹哥指著我的腳。

「妳的膝蓋在流血耶。」

「沒事沒事，應該只是擦傷。」

「不、最好馬上去醫院。說不定有撞到頭，傷口也要處理，檢查一下比較好。」

佑樹哥幫忙查了接受夜間掛號的醫院，取得聯絡後，開車送我過去。

在醫院做了各項檢查，暫時沒有異狀。不過，醫生說以防萬一，最好住院一晚觀察。這麼一來，又被要求「和家長聯絡」了。

我對這種事已經不再沮喪。

因為我已經知道，光靠自己一個人什麼都辦不到。

打電話到母親手機，一如預料的轉進語音信箱。我留言告訴她騎機車摔車的事，沒有大礙但保險起見要住院觀察一晚的事，並留下醫院名稱。

只是住院一晚，也不是什麼大事。明天回家大概又得面對母親輕蔑的眼光了吧。

就算那樣也沒辦法。做好這樣的心理準備，躺在病床上昏昏欲睡時，走廊傳來一陣急促的腳步聲。

「那智！」

頂著一頭亂髮跑進病房的媽媽衝到我身邊，朝我伸出手。

以為要被打了，我縮起身體，媽媽卻緊緊抱住我。

她抱得那麼緊，力氣大得我都覺得痛。

「那智……那智……妳沒事吧？沒事吧？」

「……嗯。」

「太好了……」

抱著我哭得像個孩子的媽媽，身上還穿著咖啡色的圍裙。圍裙胸口部分有便當店的標誌。她一定是在工作途中聽了語音信箱，連衣服都沒換就直奔過來了吧。

咦？媽媽的個子有這麼小嗎？

才剛冒出這個念頭，塵封的記憶忽然湧現。

爸爸離開後，媽媽其實比我更不知所措吧。畢竟，她也只是一個女人。

還有，或許是我先開始逃避媽媽的。在我還沒以為她討厭我之前，我就先逃避她了。說不定媽媽也以為我討厭她。或許我們彼此都以為對方討厭自己，光是待在一起就感到難受。

因為彼此都以為，自己被最愛的人討厭了。

「……對不起，害妳擔心。」

我這麼說。

媽媽沒有回答，只是用環抱我的手不斷摩挲身體各處。像是在確認我的存在。

一星期後，夜風回來了。

佑樹哥開著「陽光機車行」的小貨車，把夜風載回家門外的停車場。

我一看就知道夜風恢復了活力。

用力踏下踩發踏板。

夜風回應的聲音，比過去更有精神。

「是一位高羽先生幫忙修理的喔，除了摔壞的地方，他好像還做了很多檢查。聽我說了妳的事情，他擔心妳遇到惡劣的商人，所以也順便換了機油和空氣濾網。這些都是附送的喔，只收原本講好的修理費。」

「欸……這怎麼好意思。」

「沒關係沒關係，高羽先生最近抱孫了，原本堅持用舊式折疊手機的他，匆匆換了新的智慧型手機。每天都拿女兒女婿傳來的小嬰兒照片和影片跟我炫耀，心情好得很呢。」

重新在光線充足的地方看見佑樹哥的笑臉，忽然覺得好像很久以前就認識這個人了。不過，可能是因為在荷魯斯劇團的廣告傳單上看過照片的關係吧。雖然那張照片裡的他，化著濃濃的舞台妝。

我自言自語地說：

「可是，就算心情再好，怎麼會對素未謀面，甚至連喜歡都稱不上的人這麼親切呢？」

佑樹哥輕輕搖頭。

「這跟喜歡討厭無關吧，只是想為誰提供協助而已。我認為，世界就是靠每個人這麼想才得以運作的喔。我演戲的原因也在這裡。」

「為誰？」

「不知道啊，總之是某個誰。不是自己的某個誰。」

佑樹哥望向遠方，微微一笑。

「就算不知道那個人是誰，一定也沒關係啊。」

十一月結束了。

呼出的氣息都變成白煙。我騎著夜風去找小迅。

那之後，我開始認真讀書，準備升學考。雖然太遲了，總比沒開始好。

我查了各種學費減免制度和獎學金制度，決定用自己做得到的方式自立。

虎頭蜂是Vespa。

麻雀是Passero。

查了剛買的義大利文字典，把新學會的字告訴小迅。

發音真可愛。就算只是從這種小事開始對義大利文感興趣，想進一步知道更多也絕對不是一件錯的事。總有一天，我想去夜風的故鄉看看。

家庭代工的工作，大概只會持續到公演的一星期前吧。雖然有點寂寞，或許在此劃下句點也好。明年春天，小迅就要去學舞台美術了。為了能抬頭挺胸地和他見面，我也要努力成為短大生。

按下電鈴，小迅出來了。

我今天的工作是為一大塊布的布腳縫邊，小迅則繼續製作白色的紙花。

「你做得真好，是跟誰學的嗎？」

我佩服地這麼說著，小迅頓了一頓才回答：

「……我媽媽，她是個剪紙畫家。不過我沒有跟她學過，只是模仿著做做看而已。」

小迅停下手上的剪刀，凝視手上做到一半的花。

「製作剪紙畫時的媽媽好美。美得令人害怕。那時的她總是非常專心，看上去像是變成了另一個人，我甚至不敢跟她講話。」

我什麼都說不出來，只能看著小迅。

小迅說話的聲音比平常更小聲。可是，我仍側耳傾聽，牢牢接收他所說的話。

「我剛上小學那陣子，和爸爸大吵一架的媽媽喊著要和爸爸分開，問我要選誰。我怎麼可能選得出來，只是覺得不能打擾專注於剪紙畫的媽媽……」

他的聲音顫抖。

年幼的小迅，原來是因為這樣才選擇了父親。

「我剪斷了和媽媽的聯繫。」

手肘撐在桌面上，雙手摀著額頭。他用這個蒙住臉的姿勢強忍淚水。

對小迅的傷痛感同身受，我也悲傷了起來。心想，我們就是這樣相繫在一起的啊。我們一定是同一片竹林裡的竹子。

這樣的話，只要我打從心底希望小迅恢復活力，小迅是否能夠接收到我的心意，展現笑容？

我站起來，從小迅背後輕輕抱住他。

因為，我就是知道。

知道身體依偎在一起能獲得安心感。就算問題無法解決，就算不可能發生奇蹟，內心仍會充滿溫暖，知道自己待在這裡也沒關係。在醫院裡，媽媽緊緊擁抱我的時候，我想起來了。這就是我想要的啊。

小迅緩緩轉身，站起來。

淚水沾濕了他的臉頰。我們相視了一會兒，一絲淚水也從我眼中滑落。這樣的心情，是同理心，是友誼，還是戀情。我不知道。只是，小迅也很自然地環抱了我，我委身其中，閉上眼睛。

我們緊緊擁抱對方，距離近得幾乎搞混彼此，體溫融合在一起。這是無力的我們唯一能做的事，不過，現在只要這樣，一定也就夠了。

五章

鐵絲的光

獨自在小小的房間裡面對小小的寶石時，總覺得自己大大遠離了現實世界。我和寶石。發光的金屬線。用慣的工具。

在不會說話的「夥伴」包圍下，我屏著呼吸，製作飾品。

租來當工作室的這間小套房彷彿我的庇護所。不受任何人妨礙，只屬於我，只保護我的重要場所。

成為誰的裝飾，為誰帶來療癒或慰藉，只要能做出這樣的作品，我永遠都願意待在這裡，不斷動手做。

我比什麼都更熱愛這份孤獨。

傳LINE給丈夫剛志，跟他說今天也要在工作室過夜，馬上就收到他傳來「OK」的貼圖。

關於我在工作室過夜不回家的事，他連一次都沒指責過什麼。傳LINE不是為了獲得他的許可，充其量只是告知。

剛志這個人個性穩重，不太受旁人影響。我們原本是同事，在食品公司管理部任職的他老實認真，我父母也從一開始就很欣賞他，說我就適合和這樣大器的男人交往。

回傳「謝謝」的貼圖，我把手機放回桌上，一方面覺得道謝好像也有點怪。

我製作、販售手工飾品。材料主要使用天然寶石和海廢玻璃，特徵是會加上工藝用金屬線。

婚前我就迷上製作手工飾品，享受到處參加工作坊的樂趣，也嘗試用自己的方式創作。

工藝用金屬線的表現方式很自由，是我覺得最有趣的地方。可以拿來環繞寶石，也可以捲在上面，設計上稍有不同，飾品呈現的表情就完全不一樣了。金屬線有各種不同的顏色、粗細和形狀，用哪種金屬線和哪種寶石做成怎樣的組合，嘗試得愈多，腦中浮現的創意點子就更源源不絕。

做出來的東西光是自己戴還不夠，很快地，我開始贈送朋友或拿到手作市集上賣。收到禮物的朋友都很高興，在市集上也賣得很好，高興之餘，我產生了想做更多的欲望。

二十五歲那年結婚離職，一星期只安排三天打工的我，多出不少空閒時間。於是，我決定在「RASTA」網站開設帳號申請開店上架。「RASTA」是一個販售手作商品的網站，在這之前，我自己也在上面買過好幾次東西。

「mina」是我身為飾品作家的名字，也是商品的品牌名稱。我的名字其實是「睦子」，並不叫「美奈❹」，mina這個名稱來自結婚前的舊姓「南澤❺」。現在，我的本名是「北島睦子」。

在「RASTA」網站開店上架三個月左右時，突然訂單爆增。之後，銷售量也不斷順利成長。

不是我擅長做生意。訂單爆增的原因，最早得感謝「RASTA」營運方相中了我的作品，挑出來放在首頁的「RASTA推薦」底下。否則，網站上商家數量龐大，光是要讓消費者注意到都不容易。所以，這種手法也是必要的。

購買商品的客人留下許多正面積極的評價，「RASTA」因此再度將我放上推薦頁面。這麼一來，購買商品的客層愈來愈廣。我很清楚，和作品優秀與否無關，只要累積一定程度的熟客和資歷，品牌將深受消費者信賴。

❹日文中的發音為mina。
❺日文中的發音為minamisawa。

有了「深受消費者信賴」光環的加持，在大場地舉行的手作活動或展示販售會就會來邀請我參加，每一次參加都能賺到驚人的收入。透過活動認識品牌的新客人，又會上「RASTA」來購買商品。

這是個良性循環。我已經不再需要打工，為了不讓販售手作商品的氣勢中斷，只能持續做出新商品。

進入十二月，配合聖誕禮物的季節，訂單又如雪片湧來。這時期只要用紅色與綠色的緞帶包裝商品，或是加上一點柊樹葉當裝飾，客人就會很開心。所以我在商品包裝中加入這些選項，生意又更好了。

好忙。

在精油盤裡滴入幾滴甜橙精油，按下香氛燈的開關。雖然只是淡淡的香氣，在這間僅四坪左右的小房間裡，比起燃燒香氛蠟燭或使用擴香產品，這種薰香方式剛剛好。

在我最愛的柑橘類香氣環繞下專注地製作作品。這是我最幸福的時刻。

這時，手機鈴聲響起。

嚇了一跳，朝手機螢幕望去，是婆婆打來的電話。

要接起來嗎？還是假裝沒看見？猶豫了一會兒，心想萬一有什麼緊急的事就不好了，我還是接起電話。

「喂？」

「啊、小睦？是我啦，問妳喔，妳喜歡吃大紅豆嗎？」

大紅豆。我苦笑回答：

「喔、呃、還可以啊。」

「太好了。剛志不太喜歡吃這個，可是一起跳夏威夷草裙舞的曾根田太太給了我好多，想說拿來煮個甜納豆。不過這麼多，我跟爸爸吃不完，拿一點過去給妳喔。」

「……謝謝媽。」

重新拿好手機，我滿心後悔，早知道就不接這通電話。

剛志沒有兄弟姊妹，單身時一直和父母住在一起。三年前我們結婚後，在離他爸媽家走路十分鐘左右的地方租了房子住。

婆婆很愛照顧人，有時幾乎到了雞婆的程度。儘管如此，起初我並不特別嫌煩。要我和公婆住在一起不太可能，但這種所謂「煮好湯端過去都還不會涼掉」

的距離，既可以保持彼此隱私又能互相關心，我也認為還不錯。

因為，公公婆婆都是好人。

公公人很安靜，嗜好是盆栽。婆婆則個性外向，平常不是去跳草裙舞，就是唱民謠或學手語，活動範圍和交友圈都很廣泛。每次見面都吱吱喳喳說個不停，老是說些認識的人的八卦。

「可是，我要明天才能拿去了喔，可以嗎？」

「好的，明天我應該會在家。」

說完才發現不妙，這樣等於宣布了我今天不會在家。

果不其然，婆婆大聲問：

「哎呀，妳今天又在做那個鐵絲了？」

「……對，十二月訂單比較多。」

即使我的「金屬線飾品」在「RASTA」首頁被推薦過兩次，對婆婆而言，那只不過是「那個鐵絲」。不管說明幾次她都記不住。

「手小心別受傷了喔。那我明天要去之前會先打電話跟妳說。」

「好的，我等您來。」

掛上電話，我深深嘆了一口氣。感覺好疲倦。

我想，婆婆大概完全不懂商品販售網站的機制，不知道我製作的飾品賣得有多好，也不明白為何我的作品受到如此多的好評。對她來說，我就是拿鐵絲做些莫名其妙的鍊墜或耳環，在莫名其妙的地方賣，整天不知道在忙什麼。

剛志大概也是這麼想的吧。唯一的樂趣是每天晚上一邊看電視搞笑節目一邊小酌的他，似乎根本不明白「創作」有多令人興奮。更別說我做的是飾品，在剛志的世界裡，這肯定是最派不上用場的東西了。

即使如此，經常保持穩定精神狀態的剛志和他的父母一樣是個「好人」，我們的婚姻雖然平淡，但也因此始終穩健經營，我應該大致上感到滿足才對。

然而，曾幾何時，我的內心產生了變化。從某天起，只要剛志在家，我就無法盡情製作飾品。

我們住的是兩房兩廳的出租公寓。以東京都內來說，夫妻兩人的小家庭住這樣的房子也是很普遍的事。除了客廳和臥室，另有一個三坪左右的小房間，我們用來放書、衣服和庫存的日用品，相當於半個儲藏室。剛結婚時，我都在這間房間角落的矮桌上製作飾品。當時只是出於興趣，做好玩的，沒想到後來會發展為正式的生意。

開始感到不對勁，正好是一年前的事。那天和剛志吃過晚餐，洗好碗盤後，我一如往常自己躲進儲藏室內製作飾品。

畫著項鍊墜子的設計草圖時，忽然感生一股和來自遠方的什麼相繫在一起的感覺，我像被附身似的，手持鉛筆快速畫起設計圖。沒問題，有某種很棒的東西要誕生了。正當我如此確信時——

客廳裡傳來剛志的笑聲。他正在看電視上的綜藝節目。

瞬間，那與我相繫的「什麼」應聲斷裂，再也回不來了。我茫然盯著手邊的草圖。

那之後，每當我在製作飾品，就會對剛志發出的各種聲音和氣息變得很敏感。笑聲、關冰箱的聲音、腳踩在地板上的震動感、上廁所沖水的聲音……只要一接收到這些，我就會嚴重分心。

剛志發出的只不過是日常生活中再自然也不過的聲音，一點都不吵，他也完全沒有做錯什麼。

起初我心想，只要趁他去上班時製作就行了吧。可是，有些事不是自己能控制的，有時也會有「某種靈感降臨」的時機。那個時機什麼時候會來，我絲毫無法預測。

有時製作到傍晚，忽然感到「來了！」正想順勢做下去時，剛志下班回來了。這種不巧的時機發生過好幾次，這麼一來，「那個什麼」就又中斷了。原本已經抓在手裡的東西從手中滑落，瞬間消失無蹤。總覺得，我就這樣錯失了好幾個原本生得出來的作品。最讓我難受的是，我會因此把錯推到剛志身上。

婆婆的存在也妨礙了我的工作。白天，她常突然跑來按門鈴，我也無法假裝不在家，只好去應門。大概都是帶些什麼過來，或是來告訴我什麼事，每次都會進來坐一下，喝杯茶。

我無法拒絕她。再說，既然自己也在家，就很難用「我在工作」當藉口。

這些沒有說開的情緒，慢慢在我心中沉澱。有一天，當我知道自己的年收入比剛志還多時，我再也無法揮去那個念頭。

想要更多。

想要做出更多自己的作品。

為此，我需要一個只屬於自己的地方。

於是我跟剛志提了，說想在家附近租間房子。一方面是需要有個保管材料和作品的空間，另一方面是想要一個專心創作的環境。

剛志一句反對的話都沒有。

「不錯啊。」他只是這麼乾脆地回答。

明事理的丈夫。

沒錯，是這樣沒錯。一定是。

就算他一點也不關心我到底在做什麼。

以為會說「另外租房子太浪費了吧」的婆婆，也什麼都沒有說。與其說贊成，不如說她或許就跟平常一樣，單純只是「沒搞懂」而已。只是，現在她大概發現臨時跑來我多半不在家，所以經常會先打電話給我了。

雖然這樣是好是壞仍有待商榷，但至少我可以選擇不接，總比以前好一點。

儘管最後都還是會接啦。

我拚命說服自己。

他們讓我做自己喜歡的事，我已經夠幸福了。要是再要求他們多注意我，多認同我，肯定會遭天譴。

幾天後，我的Instagram收到一封來洽詢的私訊。

看中我作品的出版社，想找我合作一本教人製作金屬線飾品的書。不會吧。我半信半疑，一時之間還不敢太高興。

之後我和對方交換了電郵信箱，通了幾次信。寫信給我的是一位叫篠宮的女性編輯。她寄來的企劃書內容確實很周詳，還熱情地訴說著喜歡我作品的哪些地方，以及想如何傳達給讀者。

最後，她問我是否願意見一次面，討論看看。

我把她的企劃書仔細讀了三次，回信說請務必碰面談一談。她很快地再次回信，詢問我方便的時間。做事真有效率，令我感受到她的誠意，對她產生了好感。

日期決定後，篠宮小姐寫信來的語氣就不再那麼拘謹了。信件最後一行寫著「提一件無關緊要的事，我們編輯部有個Podcast節目，由同事們輪流錄製內容，不嫌棄的話也請聽聽看」。

篠宮小姐並補充說明，即使不下載應用程式，也可以從電腦直接連到

「Google Podcasts」的網頁收聽，還附上了網址。

我一點下去，就跳出名為《編輯女孩感謝談》的節目名稱。

「分集」的地方有已經上傳的節目一覽表，看來每集大約都是三十分鐘。

之前已聽說過有Podcast這東西，但實際上這還是第一次收聽。津津有味地聽了應該是篠宮小姐錄製的有趣談話內容後，好奇還有其他哪些Podcast節目，就點下了「搜尋節目」。

首頁跳出「話題」，底下按照各式各樣不同領域區分。有社會、文化、教養、藝術、商務、科技、健身……看來，似乎任何人都能免費上傳。原來各個領域都有這麼熱愛分享的人啊。

我打開其中自己比較感興趣的「科技」領域，裡面又分成了天文、氣象、植物、生物等。有內容類似講座的節目，有走漫畫風格的，也有一看就知道是在搞笑的，每個節目都有自己的特色。我瀏覽著節目列表，忽然被其中一個名稱吸引了視線。

《一千零一月》。上傳者叫竹取翁。

節目封面是深藍底色搭配白色的手寫文字，簡簡單單反而令人印象深刻。標題和上傳者名字的搭配也莫名吸引人，我點開最上面的節目，傳出一個穩重的男聲：

「從竹林中為您播送，我是竹取翁，不知道輝夜姬過得好嗎？」

原來如此，是設定在《竹取物語》的基礎上啊，我仔細聽起節目內容。一段簡單的閒聊後，竹取翁以感慨的語氣說：

「最近我常在想，就像地球上的我們總是看著月亮，如果身在月亮上的話，大概也會一直看著地球吧。」

彷彿沉醉在想像中，他又說：

「應該很多人都看過阿波羅八號拍下的照片《地球升起》。照片中，月球地平線的另一端，地球冉冉升起。就是那張照片。從月球上看見的地球，是從地球上看見的月球四倍大，可以看到很大的地球喔。正如各位所知，地球是藍色的，而且美得難以形容。假設月球上有不具文明的生物，對地球也一無所知，當他們只是望著這麼一顆藍色的星球時，不知道他們會怎麼想呢？『那裡究竟是一個多美的世界啊？』說不定只會懷抱這樣正面的想像。在他們的想像中，地球或許是個和平的星球，上面還有美麗的女神，宛如一座什麼都不缺的樂園。」

說到這裡，竹取翁深深嘆息。

「說不定，正是因為距離遙遠，因為一無所知，才能光憑美好的想像懷抱夢想。從外面俯瞰自己的星球時，可能又會得到不一樣的感受了。」

他說的話引人深思，與月亮相關的小知識都很有趣，切入話題的著眼點也頗有深度。看了一下「分集」裡的節目列表，竹取翁似乎固定每天早上七點上傳，每集大約十分鐘，已經上傳了兩百多集。後來我一點一點地往回聽，一邊聽著他的聲音，一邊在電腦前做自己不太擅長的事務工作。

可能因為一直在看小字的關係，眼睛愈來愈乾澀。最近我受乾眼症所苦，也買了向來不喜歡的眼藥水。只是，不管怎麼點都覺得刺痛。已經盡可能買溫和型的藥水了，對我來說好像還是太刺激。

即使如此，為了滋潤眼睛，我還是點了藥水，再緊緊閉上雙眼。

隔週，我去了一趟出版社。

編輯篠宮小姐是個有著一頭捲髮的可愛女孩，今年二十四歲。

見到了本人，活潑積極的程度更是電郵裡的兩倍。

「mina小姐，您本名就叫美奈嗎？」

交換名片後，她用爽朗的語氣這麼問。

「不、這是來自我的舊姓南澤。雖然結婚之後變成了北島。」

「哎呀，這樣豈不是從南邊跑到北邊去了？」

篠宮小姐好像被戳到了笑點，咯咯笑了起來。我也笑著說「就是啊」。篠宮小姐接著又問：

「您結婚多久了？」

「三年。」

聽我這麼回答，篠宮小姐以近乎誇大的語氣說：「好羨慕喔～」

「這樣是最好的吧？夫妻關係已經穩定下來了，真令人羨慕。我也想早點結婚，可惜一直沒緣分。mina小姐既有才華，在這個領域又打出了知名度，還有先生做您的後盾，真好。」

我不知道這是不是她的真心話，說不定只是場面話。

擠出笑容，我換了個話題。

「這次真的非常感謝貴公司找上我。」

篠宮小姐急忙揮手說：「不不不，我們才感謝您呢。」

「mina小姐的金屬線飾品感覺好有愛，我超喜歡的。」

根據篠宮小姐的企劃，這本書將會做成「Mook」類型的雜誌書，這家出版社的手作Mook系列似乎很受歡迎。

她將過去已發行的幾本同一系列Mook放在桌上，主題分別有刺繡、串珠、彩繪玻璃珠和羊毛氈，都是為熱愛手作的人出的書。書中各自請來人氣創作者，傳授連初學者也能嘗試看看的製作方法。

不過，後半本則都以作品集的方式呈現。而且，盡是些只有創作者本人才做得出來的高難度作品。我看了很驚訝，篠宮小姐解釋道：

「對讀者而言，後半本的內容會令他們產生『自己遠不能及』的敬意，和前面那些『自己或許也做得出來』的內容一樣重要。像這樣非現實的內容也是不可或缺的喔，因為這會為讀者帶來單純的嚮往，看著這些作品時產生的喜悅也是一種極致的幸福。」

說著，她將其中一冊遞到我眼前。

「比方說這位莉里佳老師，這本書也是我負責編輯的。」

封面是剪紙畫。
接過來翻開看，許多美麗的剪紙藝術躍然紙上，我一下就看得入迷。花卉、動物、建築、城市……甚至還有一翻開書頁就會跳出來的立體剪紙。
只靠一張紙完成如此豐富的展現，作品既纖細又充滿動感。蘊含其中的無限創意，或許也適用於金屬線飾品。
「……好美。」
我喃喃低語，篠宮小姐說：
「莉里佳老師真的很厲害，她還拿過英國的藝術大獎喔。對了，下星期她將在都內舉辦個展，要不要一起去看？」
「好啊，一定要！」
我從來沒這麼積極過。好想親眼看看這些作品。此外，如果可以，我也想和這個人見面。
「那麼，我先去問問莉里佳老師本人在場的時間喔。兩位若有機會聊聊，或許可以為mina小姐的書帶來一些參考。」
……為mina小姐的書帶來一些參考。

聽到這句話，這次的出版企劃感覺更真實了。一邊欣賞莉里佳老師的剪紙畫，我一邊為眼前快速展開的新世界雀躍不已。

用mina的名義出書。

離開出版社後，心情還是很激昂。這是一種和賣出作品時不一樣的喜悅。

回到家，我在餐桌上裝飾了小花，久違地做了費工的菜餚，打算為自己慶祝一番。

除此之外，內心還有一絲淡淡的期待。即使剛志平常對我製作的飾品沒興趣，一旦知道出書的事，或許也會為我感到開心。

剛志準時下班回家，我對他說：「回來啦」，他一邊脫外套一邊笑：

「妳今天心情很好喔。」

我攪動鍋裡的東西，慢慢告訴他：

「跟你說喔，有出版社聯絡我。」

「出版社？」

我「嗯」了一聲點頭，蓋上鍋蓋，朝剛志轉身。

「問我要不要出書。」

「是喔。」

剛志簡短地回答，眼睛也只稍微睜大了點。

總算是露出一點驚訝的樣子，但也沒再發表其他評論。我趕緊又說：

「內容是教初學者怎麼樣簡單製作飾品，好像也會放上我的新作品。因為他們說希望能在春天時出版，所以得趕一下了。」

剛志手抓著領帶，皺起眉頭。

「這樣沒問題嗎？妳會不會工作過頭了？」

被他這麼一說，我興奮的情緒瞬間冷卻。

原本如羽毛般飄然飛起的心，這下變得萎縮沉重。

「……什麼意思嘛。」

我用手抓住流理台邊緣。

「連句『恭喜妳』都不會說嗎？」

聲音低沉得連自己都難以置信。

剛志舉起一隻手，像是想安撫我。

「不、當然恭喜妳啊，我只是怕妳硬撐。」

「可是，難得有這麼好的機會，現在不努力一點，人家很快就忘記我了啊。」

「也不能因為這樣就弄壞身體吧。」

「連個像樣嗜好都沒有的你或許不懂，市面上飾品作家多如繁星，我能在這當中獲得這樣的認同，而且人家對我有這樣的需求，其實是很厲害的一件事耶！」

這句「其實很厲害」才剛說出口，一陣難為情的羞恥心就籠罩了我。我根本不想自己講這種話啊。要是剛志能主動稱讚我，我不就能謙虛地說「都是託大家的福」了嗎？

剛志沉默下來，我也不說話。

「……我煮了奶油燉菜，你自己弄來吃。我等一下還要去工作室。」

說完，我走出廚房。

我們夫妻或許已經不行了。

或許已經無法互相理解了。

和剛志在一起，我就會露出這麼丟人的一面。真可悲。

想起篠宮小姐說「mina小姐既有才華，在這個領域又打出了知名度，還有先生做您的後盾，真好」的事。

從月亮上看見的地球一定很美吧。一如竹取翁所說，要是月亮上有生物，不知道會將這顆藍色的星球想像成多麼美麗的世界。

可是實際上，地球到處都有髒亂不堪，遭到破壞的地方。無意義的戰爭沒有歇止的一天，莫名其妙的疫病蔓延，時時刻刻都有人受傷哭泣。

可是，只要站在遠方，只要一無所知，就可以只懷抱美好的想像了。

我發現，那樣或許也好。既然如此，我就將這樣的夢想獻給大家吧。呈現一個只有美好的世界，就像篠宮小姐說的，做出非現實的內容。

為此，我必須刻意讓自己陷入孤獨。

這麼想著，我離開家，前往工作室。

那之後我盡量不跟剛志打照面，待在工作室的時間愈來愈長。

一個人在工作室時，我經常聽那個叫《一千零一月》的Podcast。這節目完全成了我的心頭好，為了聽這個，我還在手機裡安裝Podcast應用程式。如此一來，沒開電腦的時候，用手機也能輕鬆收聽。

每集節目都控制在十分鐘內，剛好適合短暫的休息時間或工作空檔聽。睡不著的時候，我也會躺在沙發上聽個幾集。

竹取翁的聲音溫柔，話題有趣。聽了當天最新的一集後，我會再回頭聽以前上傳的集數，慢慢玩味他說的話。

今天下午要去看莉里佳老師的展覽。

因為昨晚也在工作室過夜，沒準備外出服和化妝品，中午前得回家一趟。聽著今天早上上傳的最新一集《一千零一月》，我泡了咖啡歐蕾，再拿一個可頌麵包放在盤子裡。

「今天是新月之日呢。」竹取翁這麼說。

「每天像這樣分享著關於月亮的事，總覺得看不到月亮的這天似乎比滿月的日子還特別。」

坐在桌前，吃著可頌麵包。這麼說起來，可頌麵包好像也是弦月的形狀？想著這件事，我一口咬下月亮。

「為什麼新月看不到呢？這是因為月亮和太陽在同一個時間從同一個方向照過來。換句話說，太陽太亮了。」

我仔細品味他的遣詞用字，忘了繼續動嘴巴。

太陽太亮了。不知為何，這平凡無奇的說明，聽在我耳中寓意深長。

不過，竹取翁沒有做更進一步的解釋，又換了個話題。

「對了，各位知道每個月的第一天叫做『月起』嗎？」

他的語氣輕快了起來。我喝一口咖啡歐蕾，把剛才如鯁在喉的不明情緒一起吞下去。

「在舊曆中，新月被視為一個月的起始。月的起始，月的起始……月起，之後演變為現在的發音。我覺得用『月起』來表現新月，是一種很美的表現方式，很棒呢❻。」

月起。的確是個迷人的詞彙。

天體的造型適合拿來製作飾品，我也做過不少星星或月亮造型的飾品。從銷售反應來看，可說很受客人歡迎。

不過，比起一目了然的滿月或弦月，我認為看不見的新月更動人心弦。正因

❻日語中每個月第一天的「一日」發音和「月起」相近。

如此，反而更想挑戰創作以新月為主題的飾品。絞盡腦汁思考該用什麼方式表現「看不到的新月」，對我而言真是一種享受。

吃完可頌麵包，弦月已在肚子裡。竹取翁十分鐘的節目也剛好結束，我站起身。

莉里佳老師的展覽在日本橋一間小畫廊裡舉辦。

這間畫廊位於一棟細長的住辦混合大樓，一樓和二樓都是展覽空間，配合來參觀的群眾，創作者遊走於兩層樓之間。

篠宮小姐為我引見了莉里佳老師。她是一位年近五十，身材纖瘦的女性。一雙看似目光銳利的細長鳳眼，卻又不時笑得溫柔彎起，這樣的落差使她更具魅力。

我們到的時候，正好畫廊沒有其他客人，莉里佳老師和我們一起欣賞作品，依序解說。每一件作品都美得令人忍不住嘆息。

二樓展場一隅，放置著所有作品中最大的一件。

背景是深藍色的圓形天空，上面以剪紙展現月亮的陰晴圓缺。看上去彷彿一個巨大的傳統時鐘，各種形狀的月亮環繞鐘面一圈。實際上，這一定也用來表示「時間」。

篠宮小姐說：

「哇，好壯觀！莉里佳老師，您真的很喜歡月亮呢。有好幾件作品都以月亮為主題。」

莉里佳老師輕輕點頭。

「是啊，月亮很棒吧。小時候我每天每天都在看月亮，可是一點也不會看膩，真是不可思議。現在的我沒有出門上班，常常搞不清楚今天星期幾，有時會把月亮當成某種判斷時間的依據。比方說，從新月那天起開始製作的作品，在滿月那天完成時，我就會想『啊、花了兩星期呢』。」

不同形狀的月亮，感覺就像各自飄浮在宇宙。靠近一看，每個月亮都用透明纖細的大頭針固定住。

「這真的只能說是才華了，好厲害啊。」

篠宮小姐這麼一說，莉里佳老師視線望向稍遠的地方：

「……是這樣嗎？環境說不定比才華更重要喔。」

這句話說到了我心坎裡。

環境。我默默凝望莉里佳老師。

「咦？環境嗎？」篠宮小姐這麼問，忽然又聳起肩膀，把手伸進外套口袋，拿出手機。看了一眼螢幕，匆匆丟下一句：

「哇，不好意思，我先接個緊急電話，馬上回來。」

一臉抱歉的篠宮小姐帶著手機衝出畫廊。

頓時剩下我和莉里佳老師兩人獨處，我有點不知所措。像是為了不讓我感到不安，她緩緩地說：

「mina小姐的金屬線飾品很出色呢，妳手上那副手環也是自己做的吧？」

「謝謝您的讚美。不過，我婆婆都說這是『那個鐵絲』。」

我半自嘲地這麼一說，莉里佳老師就露出微笑。溫柔的笑容使我敞開了心房。

「……剛才聽到莉里佳老師您提到『環境比才華重要』，我真的很能理解。面對作品時，果然還是需要一個不受任何人打擾的空間。我平常和丈夫租住公寓，但自己還另外租了間小套房當工作室……或許有人會認為這樣很任性，聽到莉里佳老師那樣說，我覺得自己好像獲得了肯定。」

不知為何，莉里佳老師笑得有些寂寞。

「是啊，我還在婚姻裡時，如果也能早點自己租房子的話就好了。只是那時沒想到要這麼做。當時兒子年紀還小，我一心認為自己必須兼顧事業與家庭。既然做不到，就只能做好放棄其中一邊的心理準備……當時真的滿心只有這個想法。」

還在婚姻裡時……這表示現在不在婚姻裡了嗎？

「真不可思議，我竟然會想對mina小姐說這些。或許是因為妳很像年輕時的我。」

忽然回神似的笑了笑，莉里佳老師又平靜地說：

「我前夫是那種常邀工作夥伴來家裡的人。身為妻子的我，如果能好好招待人家，和大家一起開心熱鬧，事情一定會更順利吧。可是，我辦不到。一方面，我原本就不太擅長和太多人在一起。另一方面，當時我的剪紙畫獲得意想不到的認同，工作剛要上軌道，也開始有廣告公司委託我提供作品……海外的主辦單位邀請我參加大賽，明明需要更專注於創作的時候，我忽然受不了家裡的聲音了，覺得好吵好吵好吵。」

一樣，跟我一樣。我問她：

「莉里佳老師的先生不願意尊重您的作品和您闖出的一番成績嗎？明明是這麼出色——」

「該怎麼說呢，一開始他也會說『妳的剪紙畫很棒』，可是慢慢地，我覺得他好像不喜歡創作剪紙畫時的我了。」

說到這裡，莉里佳老師像個少女般聳著肩膀笑了笑。

「我啊，在他問我『想要什麼生日禮物』時，居然回答『想要獨處的時間』喔，爛透了對吧？」

我搖搖頭。因為實在太了解她的心情。

「對我們而言，孤獨是必要的。」

這麼說著，我都快哭了。沒想到，一瞬的沉默之後，莉里佳老師直視著我說：

「我也曾經這麼想。可是啊，現在的我，已經不認為孤獨是創作的必要條件了。擁有一個人的時間和孤獨是兩回事喔。」

「咦……」

「如果沒有好好注意，那些一直以來理所當然對自己付出的體貼與愛，才真的會被當作無色無味的東西忽略掉，像是變成透明的一樣。比起真正的孤獨，這樣或許更寂寞。」

莉里佳老師的眼神望向展現月亮陰晴圓缺的剪紙作品。

「所謂環境很重要的意思，在我看來呢，為自己準備一個工作場所當然也很重要，不過更重要的，是和身邊的人建立充實的關係喔。從對彼此來說都適當的距離和角度。」

排成一個圓形的月亮們中間，還有一張綠色的圓形剪紙。這一定就是地球了吧。

「我不後悔離婚，因為我們的婚姻已經無法挽回了。拜此之賜，我才能夠開拓自己這條剪紙藝術之路，也對現在的生活心滿意足……只是，總會惦念著前夫和兒子，不知道他們現在過得怎樣。」

「……您沒和他們見面嗎？」

「事到如今，我怎麼好意思厚著臉皮說想見面。和前夫激烈吵了一架，克制不住自己情緒的我，衝動地大喊要離婚。那時，我甚至還問兒子要選哪一邊……那孩子當年才七歲喔。叫孩子從父母中做出選擇，我真的做了很惡劣的事。」

莉里佳老師聲音哽咽。長久以來，或許她都一邊承受罪惡感折磨，一邊激勵自己奮發圖強。這時，她以帶點自嘲的表情笑著說：

「兒子最終選了他父親。這也是理所當然的啦，前夫的工作夥伴都很疼愛兒子，他和他們在一起總是很開心，一定不可能諒解我的吧。我想見他的心情只會造成他的困擾，只要他現在過得幸福就夠了。」

不知怎地，我聽得滿心感傷。

莉里佳老師為了剪紙放棄前夫和孩子，今後也無法再和他們「建立關係」了嗎？即使是第一次見面的我也感受得出，她到現在都還是那麼思念他們。

我忍不住說：

「可是，他們一定也不知道莉里佳老師您心裡是這麼想的吧？萬一他們其實也想見您，卻以為您已經不在乎他們，彼此產生了同樣的誤會，豈不是太哀傷了嗎？」

莉里佳老師緊抿雙唇。

我頓時感到後悔。連人家有什麼苦衷都不知道就隨口說出這種話，是否有欠思慮。

正當我想道歉時，莉里佳老師嘆了一口氣，笑著對我說：

「是啊，只因為見不到對方就靠自己的想像認定什麼，這可不行呢。」

我稍微鬆了一口氣，再次朝那幅展現月亮陰晴圓缺的作品望去。

這個作品裡的「看不到的新月」設計得很有特色。新月的顏色和背景顏色完全相同，遠看時融為一體，所以看不見。可是，靠近一看，同樣以剪紙的方式呈現了月球上的隕石坑。毫無疑問的，新月就在那裡。儘管「看不見」，但確實「存在」。即使以大頭針相連，仍是獨立於夜空中的第一個月。

「對了——」

為了轉換話題，我刻意用開朗的語氣說。

「每個月第一天的『一日』，發音不是很像『月起』嗎？聽說語源正是來自『月的起始』呢。」

不知為何，莉里佳老師眼神游移，表情有些尷尬。或許我話題轉換得太突兀，害她感到困惑了吧。見莉里佳老師沒有回應，我又急忙補充：

「其實，這是我現學現賣的啦。最近我在聽一個Podcast節目，這節目很棒喔。主持節目的男性會分享各種與月亮相關的話題，像是一些有趣的小知識之類的。最重要的是，聽得出他真的非常熱愛月亮。」

我拿出手機，打開Podcast的應用程式。

點開《一千零一月》，將螢幕出示給莉里佳老師看。她依然沉默，只是微微張開嘴巴。

這時，篠宮小姐啪嗒啪嗒跑回來了。

「不好意思，讓兩位久等。」

氣氛瞬間改變，我和莉里佳老師都不是幾秒前的我們了。

自然地調整了三人關係的距離與角度後，我們重啟對話。是啊，就是這麼回事。或許人與人就像這樣，彼此之間的關係與互動方式，每個當下每個當下都在不停地變化。

至今從來沒有注意過的這件事，此時清楚浮現了輪廓，我像是擁有了某個新發現。

隔天星期六，我從一大早就待在工作室。

剛志公司同事參加草地棒球賽，他說要去加油。自從因為出書的事兩人鬧彆扭後，彼此都刻意不提這個了。一想到事情將像這樣在生活當中不了了之，內心有點不太痛快。可是，這或許也不是坐下來把話講開就能解決的事。

非做不可的工作堆積如山。

除了製作作品，也必須將商品上架、接受訂單、聯絡、包貨、寄貨……還得撰寫新書中的教學草案寄給篠宮小姐，同時思考新作品如何呈現。

或許該找個幫手來幫忙包貨和寄貨。會計方面的細節也愈來愈複雜，我一個人快處理不來了。

在焦慮中工作時，手機響了。

是Instagram收到私訊的通知。

這才察覺，時間已經將近下午四點了，我卻忙到連午餐都沒吃。

喘口氣，拿起手機。

偶爾會有人在看到我的Instagram後，私訊表達感想或詢問一些事。其中也有像篠宮小姐這樣，最後發展成正式的工作邀約。

今天早上，我的作品正好又上了「RASTA」推薦頁面。或許是從那邊過來的迴響吧，我打從心底感謝網路和社群網站帶來的好處。

然而，傳私訊來的是個以前沒看過的櫻花大頭貼。看完私訊內容後，感覺就像胸口被人打了一棒。

「你好像被RASTA介紹了好幾次，到底耍了什麼手段呢？還是有認識RASTA的人？我一點也不認為你的作品有那麼出色。」

心臟劇烈跳動。誰？你是誰？

顫抖的手指按下那個大頭貼，連過去一看，個人檔案什麼都沒寫，貼文也設成不公開。完全看不出是什麼人。

我當然知道，世界上不會只有崇拜我的人。

為了讓自己冷靜，大口深呼吸。

這種事、這種事，根本不算什麼。

被那種不敢露臉的卑鄙小人惡意中傷，根本不算什麼。

手機放回桌上，試圖專注於眼前的工作。打開電腦，確認EXCEL檔案上的訂單。

盯著細小的文字看，眼睛果然又乾澀了。眨了幾下眼睛，維持盯著螢幕的狀態，伸手去拿放在筆筒旁的眼藥水。

垂墜感的耳環賣得很好，或許該多做一點——明明像這樣拚命想把注意力聚焦在工作上，私訊的內容還是不斷尖銳地刺痛我。

那個人說：「你耍了什麼手段？」

我唯一做的，只有這麼死命認真投入工作而已。

腦中滿是這件事，轉開眼藥水的蓋子，仰頭點下。

——拿錯了！

當大腦辨識出進入視野裡的小瓶子不是眼藥水的淺藍色，而是熟悉的深藍色那一刻，我察覺自己拿錯了。深藍色的瓶子裝的是甜橙精油。

倉促之間我應該有閃躲，可是，滴落的液體仍不可避免地沾到了左眼。

我在搞什麼，我在搞什麼。

居然把眼藥水拿成了精油，還點進眼睛裡。

精油瓶原本都放在櫃子上，和香氛燈放在一起。可是，昨天我想上網買其他香氣的精油，為了確認廠牌名稱，就把瓶子拿在手上。用電腦查完後，隨手放在桌上筆筒旁邊，靠近眼藥水的地方。

就這麼不巧，偏偏是柑橘類的甜橙精油。眼瞼邊緣陣陣刺痛，我急忙衝向洗臉台。

開大水龍頭，一次又一次用清水沖洗眼睛。心想，只要用手掬水起來淋在眼睛上就好嗎？要不要加些中和油類的清潔用品？不知道怎麼做才正確，只是不斷用手掬起水龍頭流出的水往眼睛潑。

怎麼辦，怎麼辦？

萬一我做的蠢事害眼睛不能用了怎麼辦？

要不要叫救護車？不、那樣太誇張了，會給人添麻煩吧。

不厭其煩地用清水沖洗再沖洗之後，我才抬起頭。映在洗臉台前鏡子裡的我臉色鐵青，左眼發紅。

幸好，還看得見，這令我稍微鬆了一口氣。比起眼珠，發熱刺痛的似乎是眼瞼。

是不是應該去趟醫院比較好。

可是，今天是星期六，時間也已經超過四點了。打開家附近眼科診所的網站，今天休診。試著找了其他幾間，找不到週六下午有看診的醫院。明天又是星期天，一定更少醫院營業吧。

週末觀察一下狀況……星期一再去好了……

沒事的。我這麼說服自己，不安卻一直湧上心頭。從未有過這種經驗，一切都在預料之外，如果……萬一惡化了怎麼辦？

這時，手機又響了。

是婆婆打來的，我不假思索接起。

「啊——小睦？我問妳喔，過年吃的年糕，妳會非要方形的不可嗎？」

手機那頭傳來婆婆悠哉的聲音，我有點無力。

「不、不會啊……」

「是這樣啦，民謠班的戶部太太有個親戚是種米的，說做了很多年糕，不過都是圓形，如果小睦不排斥的話，就也……嗯？妳怎麼了？」

婆婆突然這麼問。

「咦？不、沒什麼。」

「怎麼了？發生什麼事了嗎？」

她怎麼察覺我不對勁的呢？又看不到我的臉，我也什麼都沒說啊。

緊繃的情緒瞬間放鬆，忍不住告訴婆婆

「……精油跑進眼睛了。」

自己把眼藥水錯拿成精油的事，實在說不出口。

「這可怎麼行！馬上沖水了嗎？會不會痛？」

婆婆大聲問，語氣也變得急促。我被她的氣勢震懾，乖乖回答：

「是有先沖水了……」

「馬上去醫院……啊、今天星期六。」

婆婆比我還緊張，不到兩秒又大喊一聲：「對了！」

「那個啊，社區互助會有個救難醫療諮詢窗口，妳快打電話去那邊問。好久以前我手語班同學佐山太太的孫子把防蟲劑放進嘴裡時，也是打去那邊問了緊急處置的方法，還幫忙查了看診的醫院。我先掛掉，妳等我一下！」

救難醫療諮詢？

還來不及回應，婆婆就掛上了電話。我在電腦上輸入「救難醫療諮詢」搜尋，果然查到我們住的社區有這樣的窗口。電話那頭是醫生或護理師等醫療專業人士，只要在電話裡告知症狀，他們就會判斷緊急程度，給予是否需要就醫等意見。窗口二十四小時都有人接聽。

「……二十四小時。」

我輕聲嘟囔。

這時，婆婆很快又打來了。

「我剛問了佐山太太，唸給妳聽喔，把號碼抄起來！」

我照她說的，抄下電話號碼。

感受到婆婆的急切，我眼眶一熱，這當然和眼瞼的刺痛無關。複誦一次號碼，婆婆連說：「馬上打去問喔！」都怕耽誤時間似的，隨即掛掉了電話。

她給我的號碼跟網路上查到的一樣，但我仍特意看著抄下的號碼，拿起手機撥打。很快地，手機裡傳來接上正確單位的機械語音，我跟隨語音指示按了幾次按鍵後，傳來接通的聲音。

「您好，這裡是救難醫療諮詢窗口。」

電話那頭是一位女性。

懷著求助的心情，我結結巴巴地說：

「那個……精油跑進我眼睛裡了……」

對方冷靜地詢問：

「您清洗過了嗎？」

「有，大概清洗了十分鐘，不過，我只有用水龍頭的水……」

「那樣就可以了喔。您說清洗了十分鐘左右，那我確認一下喔。現在有感覺視野出現變化嗎？有看到黑點，或是看出去的東西扭曲變形嗎？」

和我慌亂的聲音形成對比，她的聲音非常冷靜。同時，儘管聽起來俐落，卻又帶著一股不可思議的溫暖。

「沒有，看出去沒有什麼問題。」

她回答「這樣啊」，語氣比剛才柔和了一些。我一陣安心，心想接下來她或許會說「那就沒問題了」。沒想到，下一瞬間，她又用堅定的語氣說：

「那麼，請馬上去看醫生。」

「咦？可是，現在是星期六的傍晚，到處都……」

「我馬上幫您查哪裡還有眼科接受掛號。請問您住在哪一帶？」

我告知地址，電話那頭的女性說「請稍等」，切換成保留通話的音樂。音樂很快就結束，她告訴我，可以去某個購物中心裡的眼科。

對啊，商業設施中的醫院說不定連週末都有看診。剛才是我太慌張了，連這都沒想到。

購物中心離我家有兩站電車的距離，搭計程車過去應該還趕得上。

「請小心出門。」

她這麼對我說，聲音中聽得出體貼的心意。

多麼令人安心的存在啊。我人都還沒到醫院，胸中已經充滿「得救了」的安心感。往正確方向找到正確提供助力的人，這件事本身已構成救贖。

我打從心底感謝這位不知道長相，一定也沒見過的諮詢員。

「非常感謝您！」

我道謝後，她輕聲回答「是」，再用輕柔的語氣說：

「那麼通話到此結束，本次由諮詢員朔之崎為您提供諮詢。」

……朔之崎。

總覺得好像在哪看過這名字，但是一時想不起來。

接著，我打電話到眼科，說明狀況後，對方要我馬上就診，我就從工作室叫了計程車。

坐在計程車內，想著剛才那位諮詢員的事。

我在這裡搭車就醫的此刻，她或許仍在為別人提供諮詢。不、不只此刻，也不只有她。那個窗口二十四小時開放，為了需要幫助的人，隨時都有人待命。

想起上次對剛志說我自己「其實很厲害」的事，忍不住扶額。

我因為作品受到關注，就以為自己從事了什麼了不起的工作。相較之下，電話那頭的她們持續等待為人們提供協助，做的是更偉大的事。這麼一想，我就丟臉得想找個洞鑽進去。

這世界上還有多少我不知道的工作呢？世上各個角落都有真正值得讚美的人，他們卻從來不突顯自己，也不會強調自己有多厲害。

手機傳來收到LINE訊息的通知。是剛志。

他好像聽婆婆說了我眼睛的事，傳訊來問：「還好嗎？」

我把正要去眼科的事告訴他，他就說，草地棒球正好剛打完，他也會去醫院。

來到第一次造訪的購物中心，眼科就在四樓。年輕的男醫師告訴我診療和檢查的結果：

「眼球沒有受傷，沒太大問題。幸好妳馬上就用清水沖洗，也沒有做其他不必要的處置。」

我總算放下忐忑的心。

其實，就算在工作室忍耐兩天，眼睛或許也不會怎樣。可是這麼一來，週末這兩天我不知道該有多焦慮不安。

醫師又悠哉地說：

「眼睛還有沒有其他問題？」

我赫然抬起頭。要不是發生了這樣的事，我恐怕不會來醫院。

「那個……最近我每次用電腦工作，眼睛就會很乾。買了市售的眼藥水來點，可是對我的眼睛好像太刺激。」

醫師點點頭，開了乾眼症用的低刺激眼藥水給我。

結束診療，走到等待室時，看到坐在椅子上的剛志。

他一臉擔心地看著我。

「我沒事喔。」

聽我這麼一說，剛志虛脫地靠在椅背上。

「太好了。精油怎麼會跑進眼睛？噴上去的嗎？小心點啊。」

他臉上除了放心的表情之外，看起來也有點生氣。而這讓我感到高興。

「嗯，是我不小心。」

我縮了縮脖子，剛志加強了叮嚀的語氣：

「睦子，妳真的太累了啦。愈忙的時候愈要好好休息啊，要是身體出問題，不就無法繼續創作飾品了嗎？」

剛志看著我的眼神認真得嚇人。

「我會忍不住擔心眼前的睦子，但是一定也有很多期待收到mina飾品的人。這是很棒的事沒錯，但是太心急或讓自己痛苦也不行啊。大家在等待的，應該是懷著幸福的心情製作出來的飾品吧。」

我凝視剛志。竟然曾以為他不關心我，我是怎麼了？

總是比誰都更把我放在心上的絕對是剛志。

不是mina，他是給了北島睦子歸宿的人。

明明很清楚這點，我卻看不見這身邊離我最近的人。因為周圍的讚美……太陽太亮了。

我問自己，至今有好好關心過剛志想說什麼嗎？

工作的事、每天發生的事、他心裡想什麼。這些事，我可曾關心過？

不、我完全沒有做到。

仗著剛志從沒要求過，我就只想著自己。

今天不要回工作室了，直接回家吧。

一邊問他草地棒球的比賽結果，一邊一起慢慢享用晚餐。

也把自己錯拿精油當眼藥水這種前所未見的失誤說給他聽吧。

連丟臉的自己也能在他面前展現，我在這世上獨一無二的伴侶。

回家時，順路繞去公婆家，向婆婆道謝並報告就醫結果。我們才剛到，婆婆就迫不及待地塞給我一個塑膠袋。往裡面一看，有三包藍莓糖。

「深川太太說藍莓對眼睛好，所以我就買了。有這個就沒問題了。」

不知道是什麼沒問題，但我感受得到婆婆的溫暖心意，笑著收下袋子。

「深川太太是哪位啊？」

草裙舞、民謠、手語，婆婆活動範圍內常提的幾個夥伴名字我大致上都記得，這位深川太太卻是第一次聽說。

聽我這麼一問，婆婆很乾脆地回答：

「上次散步時認識的，在隔壁社區當互助會長喔。」

光是散步都能認識新朋友，我打從內心佩服。

正是這優秀的溝通能力和充滿愛的觀察力，讓她獲得了許多生活資訊，也讓這些資訊在需要的人之間流通。今天，是婆婆的人際關係幫助了我。

回到家，我趁剛志洗澡時準備晚餐。

想找還沒聽過的《一千零一月》節目來聽，就從餐桌上拿起手機。

一如往常點開Podcast應用程式，忽然察覺有異。

今天早上最新上傳的那集，不是已經聽過了嗎？按照慣例，新節目都是每天早上更新，現在卻通知有新節目追加上傳。看一眼上傳時間，不過是五分鐘前的事。

節目名稱寫著——

「給輝夜姬」。

我的心用力跳了一下。

很顯然，這和平常的節目不同。帶點緊張，我按下播放鍵。

「從竹林中為您播送，我是竹取翁。」

一如往常的聲音，只是少了那句：「不知道輝夜姬過得好嗎？」

「開始做Podcast已經好一段時間了，內容都和月亮有關，從沒提過關於自己的事呢。其實，一直以來，我和劇團的關係都很密切。今天也有一場公演……意外的是，輝夜姬好像出現了呢。」

喔，原來他是劇團界的人啊。

我一邊恍然大悟，一邊帶著手機進廚房。

竹取翁以有點羞赧的語氣說：「謝謝妳來看今天的演出。」這句話一定是說給輝夜姬聽的吧。

三秒後，再次聽見他泫然欲泣的聲音：

「……媽媽。」

我心頭一驚，情不自禁望向手機。

之後又是一陣短暫的沉默。就在我以為要繼續無聲下去時，竹取翁終於開口：

「妳寫了問卷對吧。

姓名欄的地方填的是輝夜姬，我一看就認出來了。我還記得喔，好懷念啊，媽媽的筆跡。

上面寫著『竹取翁，謝謝你仍深愛著當年我們每晚一起仰望的月亮』。

看到這句話，我再也止不住眼淚。原來妳也聽了這個Podcast，我好高興好高興。

媽媽最喜歡月亮了。我從小就每晚和妳一起看月亮，聽妳告訴我各種跟月亮有關的事。爸爸通常和劇團的人玩得熱鬧，但我非常喜歡和媽媽共度的這段安靜時光。

媽媽反覆讀過好幾次輝夜姬的繪本給我聽。所以，當妳不在了之後，年幼的我心想，媽媽或許是回月亮去了。我總是一邊望著月亮，一邊想像媽媽在那裡。

這次舞台中提到『一日』來自『月起』的事，那也是好久以前媽媽告訴我的呢。忘了什麼時候，我也把這件事告訴了爸爸。爸爸將這個典故放進這次公演名稱和劇本裡，或許是認為媽媽說不定會發現。我想，爸爸也暗自期待媽媽能來看演出喔。因為過去爸爸在演出中使用過好幾次類似的手法，我都裝作沒發現就是了。

我每天持續上傳Podcast，為的也是同樣的理由。Podcast是人人都能上傳，人人都能收聽的東西。告訴我有這種工具的人是劇團成員，他對我而言就像哥哥。喔、對了，這次舞台的主角就是他喔。

我心想，只要持續做與月亮相關的內容上傳，說不定哪天節目內容也會被媽媽聽見，進而發現說話的人是我。我想讓妳知道我們過得很好，也希望媽媽過得很好。說來不可思議，平常在人前一點都不敢開口的我，面對無生命的手機時，卻能自然侃侃而談。或許因為聲音再小，麥克風都能收得到的關係吧。也可能是因為，我每次都想像媽媽就在手機的另一端。

我很久以前就從網路上得知，媽媽在工作的領域上表現得很活躍。其實，只要我和爸爸努力一點想辦法，也不是真的聯絡不到妳。只是，我們太害怕妳拒絕見面。

我一直一直一直想向媽媽道歉。可是，我做了那麼過分的事，大概無法獲得妳的諒解。所以，只能等待妳像這樣自己來找我。

話說回來，舞台上的演員、舞台邊的我和工作人員，大家竟然都沒察覺媽媽來了，真教人不甘心。不過，妳確實在那裡，在同一個空間裡。

……媽媽，我啊，有喜歡的人了喔。

所以，我似乎有點能理解爸爸的心情了。一方面希望重要的人永遠自由自在，一方面懷疑自己從對方身上尋求的，和對方想要的是否一致？沒有自信又沒有勇氣。

可是我心想，媽媽妳說不定也一樣。

無論媽媽現在有沒有和誰在一起，我只希望妳幸福就好。或許妳還不想和我或爸爸見面，現在頂多只能先這樣……慢慢來也沒關係，我會耐心等待。」

節目到此結束。

我愣愣地望著手機。竹取翁的母親不知道是怎麼樣的人。我打從內心祈求這家人能展開一段新的關係。

當然，我只是個百分之百的局外人。即使如此，既然至今收聽的《一千零一月》曾經觸動過我，我或許也能算是「和他們有關係」的人之一吧。

剛志還在洗澡。

我打開客廳窗戶。

回想這兵荒馬亂的一天。

發生了出乎意料的各種事。

雖然遇上了不得了的狀況，但也多了意想不到的收穫。比方說，察覺近在身旁的人給了我多麼深厚的溫柔。比方說，得到一瓶點了也不會刺激的眼藥水。

無論面對何種狀況，我們或許都無法立刻判斷是好是壞。事情只是發生著，而我們只能祈求、相信已經發生的事對自己、對大家都會成為「好事」，這麼想著，採取行動。

朝窗外探頭，沐浴在十二月的夜風中。

西方天空低處，第二天的月亮現蹤。

月亮每天都在改變形貌，而且是一定會改變。

毫不間斷的每日之中，月亮時而發光，時而消失。

月亮想對我們展示的，或許是我們自身。乘著時光的洪流，一切都在改變，陰晴圓圈的循環彷彿載著我們不斷前進的車輪。總覺得，月亮不講大道理，只是用這樣的方式在告訴我們這個。

看著必須凝神細看才看得見的細長月亮，我露出了微笑。
那鐵絲般的光，接下來也一定會慢慢滿盈。

參考文獻

《月と暮らす。》藤井旭著　誠文堂新光社
《月のきほん》白尾元理著　誠文堂新光社
《世界でいちばん素敵な月の教室》浦智史 監修　三才ブックス
《夜ふかしするほど面白い「月の話」》寺　淳也著　PHP研究所
《月のふしぎ》石垣渉 絵　大沼崇 監修　マイルスタッフ
《星をさがす》石井ゆかり著　WAVE出版

協助取材

有限会社ヤノハラサイクル　矢箆原裕史先生

春日文庫
ハルヒブンコ
159

月亮升起的森林

月の立つ林で

月亮升起的森林／青山美智子作；邱香凝譯. -- 初版. -- 臺北市：春天出版國際文化有限公司, 2025.01
面； 公分. --（春日文庫；159）
譯自：月の立つ林で
ISBN 978-957-741-971-2(平裝)

861.57 113016164

ISBN 978-957-741-971-2
Printed in Taiwan

TSUKI NO TATSUHAYASHI DE

作　　者　青山美智子
譯　　者　邱香凝
總 編 輯　莊宜勳
主　　編　鍾靈

出 版 者　春天出版國際文化有限公司
地　　址　台北市大安區忠孝東路4段303號4樓之1
電　　話　02-7733-4070
傳　　眞　02-7733-4069
E－mail　bookspring@bookspring.com.tw
網　　址　http://www.bookspring.com.tw
部 落 格　http://blog.pixnet.net/bookspring
郵政帳號　19705538
戶　　名　春天出版國際文化有限公司
法律顧問　蕭顯忠律師事務所
出版日期　二〇二五年一月初版

定　　價　370元

總 經 銷　楨德圖書事業有限公司
地　　址　新北市新店區中興路二段196號8樓
電　　話　02-8919-3186
傳　　眞　02-8914-5524
香港總代理　一代匯集
地　　址　九龍旺角塘尾道64號 龍駒企業大廈10 B&D室
電　　話　852-2783-8102
傳　　眞　852-2396-0050